訂樹君

終於來到懶得自尋煩惱的時候

彭樹君 著

序

終於來到懶得自尋煩惱的時候

很久以前我就發現，當我對某件事特別在意時，那件事就會進行得不太順利，然而我覺得放心或是根本沒放在心上的事，卻都自己運轉得很好。

這就好像愈擔心失眠就愈會失眠一樣，放下睡不著的憂慮才能一夜好眠。

這個現象對於人生中的許多狀況也同樣適用。好比說，愈在乎一個人，在他面前就表現得愈手足無措，事後回想起來也就愈懊惱；或是愈想要把某件事完美地達成，就愈容易失誤；還有，愈是期待某種狀況，那種狀況就愈是不會發生。

反而是在視若平常的人事物面前，因為沒什麼壓力，展現的就是剛剛好的自己；從來未曾期待的，也總有意想不到的驚喜。

為什麼會這樣？我想，這是因為過度關注總是帶來緊繃的內在張力，而外在是內在的投射，當內心失去平靜的時候，外在的發展也就很難順利；但輕鬆以對卻能讓能量順暢地流動。

所以，無論對人對事，都應該學習放心和放手，讓一切順其自然地發展，少了那些不必要的擔憂，才能帶來更好的結果；沒有了那些過度期待，也才能專注於當下，感受眼前的生命風景。

這些道理我都明白，但年輕的我還是容易自尋煩惱。

根據某些神秘學派的說法，人類喜怒哀樂的情緒波動都會被某種更高維度的存有觀察與存取，成為宇宙資料庫的阿卡西記錄，如果真是這樣，那麼從前的我應該是個很好的人類樣本。

心思太細膩，而且情感太豐富，這是天賦，但也是天譴，因為種種感受都會比別人更深刻，情緒的波動也就相對更劇烈，常常氾濫成災。不過再多的波濤洶湧都藏在心裡，外在卻無論如何都要撐住，絕不輕易流露失控的情緒，絕不讓人看見那個驚慌失措的自己，因此內心的小劇場總是上演著一人分飾兩角的自說自話，不是在自我安撫就是在自我檢討，總之是個很難擺平自己的惱人體質。

我希望能以冰雪聰明形容年輕時的我，但事實上是我往往感情用事，只是給自己製造了很多冰雪，常常擔心的多，放心的少，憂慮的多，快樂的少；許多時候不願辜負別人，於是只好辜負自己，不願為難別人，於是只好為難自己。

自尋煩惱的結果往往就是自找麻煩，甚至自討苦吃。

回顧來時路，我給自己找的麻煩還真不少：

總是對沒有善待我的人太好。

總是想把事情做到最完美。

總是在意別人怎麼看我。

總是過度自省，覺得都是我的錯。

總是壓抑自己真正的感覺，想要維持彼此之間的和諧。

這樣的我常常內耗，許多時候都覺得疲憊心累，許多時候也都做出讓自己後悔的決定。我知道這樣不對，我知道要放過自己，然而知道與做到之間總有距離。

但時間改變一切，畢竟種種人生經歷終將累積成為深刻的教訓，其中有些痛徹心扉，有些啼笑皆非，就像被高溫燙過幾次總會形成條件反射，再也不會徒手去拿火爐上的鍋子一樣，後來的我終於學會戴上手套，終於不再自尋煩惱：

沒必要在乎不在乎我的人。

事情不必做到最好，還好就好了。

別人怎麼想是別人的事，我怎麼想也不關別人的事。

過度自省真的不是什麼美德，太多時候只是縱容了他人的自私。

我無法也不該為別人的感覺負責，與其壓抑自己，不如坦率地自我表達。

歲月帶來眼角的細紋，但也帶來歷練過後的通透與智慧。曾經想不通的，好像自然就通了，曾經過不去的，好像自然也就過去了。

中年是個與自己和解的人生階段，需要溫柔地擁抱自己，先從心裡讓自己溫暖起來，外在也就和諧如意。

中年之道，就是懶得自尋煩惱。

來到現在這個時候，我們已經知道對許多事都應該放心與放手，讓一切順其自然地流動。沒必要對那些痛苦憂慮緊握不放，有內心的平靜才有外境的平安。

這是「人生之秋三部曲」中的第二部。上一本《終於來到不必討人喜歡的時候》主要從心境去說，這本則是從中年會面臨的各種狀況來談，包括心靈、情感、健康、金錢、信念、生活主張、生命態度、自我實現，也包括父母、子女、夫妻、朋友、各種人際關係，當然更包括與自己的關係。

或者說，尤其是與自己的關係。

中年是面臨各種人生狀況最繁雜的階段，需要擁有一個穩定的內核來安住自己並且應對外在一切，所以要先與自己相處和諧，先建立內心世界，其他外圍的一切才能跟著流動順暢。

身為一個資深單身女子，走過人生的風浪，也經歷過各種人際關係的身分，我深刻地感覺是，如果希望世界風和日麗，就要先讓心裡雲淡風輕。沒有什麼比內在的安寧更重要。

來到人生之秋，不只要放下恨，有時還要放下太多的愛。想要的一切就在自己心裡，內心的平靜才是真的，其他都是假的。明白自己不必討人喜歡就少了很多自尋煩惱，除此之外，也要讓自己各個層面都過得好，而那些看似對外的一切，其實都是內心的映照。

這次有兩個不同版本的封面，分別是一枝獨秀版與誠品獨家版，我喜歡前者花瓣邊緣隱約的光芒，也喜歡後者花葉自在的姿態，想要兩個版本都能擁有，希望你也是。

有太多不必犯的錯，不必受的苦，不必承受的後果，都是因為人生經驗不足而看不清自己，也看不清別人，所以當下做了無法回頭的決定。

然而心靈總是在碰撞中成長，如果時光可以倒流，可以讓我去提醒從前的自己，去修正那些錯誤的決定，或許後來的人生可以走得比較順暢，但我還會擁有現在的清醒嗎？

是因為走過那些路，所以成為現在的我，一個內心平靜的我，和自己相處和諧的我，不再給自己製造那些冰雪的我。

終於來到懶得自尋煩惱的時候，像是一種豁免，或者說是一種得救。

終於不再在不愉快的狀態中浪費生命。

終於不再把別人的課題變成自己的問題。

終於不再反覆內耗，不再把任何人看得比自己更重要。

終於不再事事要求自己做到盡善盡美，不再處處為了他人著想而勞心勞力，不再總是委曲求全把自己弄得筋疲力盡。

終於知道有時要做一個懶人，懶一點，才能快樂一點，鬆弛一點，自由自在一點。

因為有了這樣的體會，所以終於來到人生最好的時候。

親愛的朋友，如果你也正在人生的秋天，希望這本小書可以讓你感到歡喜，得到你的共鳴；如果是在其他的人生季節，也祝福當下都有美麗的風景。

CONTENTS

輯一 懶得多情

輯二　懶得多事

輯三 懶得多管

輯四 懶得多慮

輯一

懶得多情

到底誰能拯救誰？

走過的路與有過的經驗會讓我們知道，別再飛蛾撲火，別再重蹈覆轍。

我的朋友伊莎目前單身，前些日子在一場聚會中，她認識了另一個單身的男性，兩人相談甚歡，也約定來日再聚。

經過了一個愉快的晚上，伊莎回到家，一打開手機就發現對方傳來了長長的訊息，以熾熱的溫度表白心跡，大意是說，在歷經半生情感滄桑之後，他對尋找人生伴侶本來已經絕望，但遇到伊莎讓他看見曙光，兩人的相遇是命中注定，他相信她就是上帝送來給他的真命天女，一定能把他從情感的谷底之中拯救出來。

讀完那則訊息，伊莎當下就嚇醒了，所有美好的感覺瞬間消失無蹤。

「這……這不能交往吧？看起來就是一個恐怖情人的儲備人選啊！」

這已是前一段時間的事了，但她至今仍心有餘悸。當然，本來說好的來日再聚，後來她也找了理由婉拒，從此兩人就沒有再見過面。

我明白伊莎的感覺。如果是我收到這樣的一則訊息，也會打退堂鼓。

只是一面之緣就認定是命中注定，年輕的時候或許會相信這樣的一見鍾情，來到人生中途，見過各種世面，經歷過各種情感的成住壞空，對於這樣的說詞不但不會覺得感動，反而會在心中驚呼：不會吧？

不會吧？不過只是一個晚上的相處，自己就能成爲對方生命中如此重要的存在？

不會吧？都來到了人生之秋，還會在別人身上投射拯救者的期待？

年輕的時候總是想像著有一個人能戲劇性地出現，而且他最好長得像電影《駭客任務》裡的救世主基努李維，然後自己的人生就有燦爛的改變。但如今早已明白，沒有誰可以拯救誰。

沒有誰是我們的拯救者，我們也無法拯救任何人；沒有誰可以依賴，我們也不願意被誰依賴，被投射一種過度理想的期待，那並不會讓我們覺得好陶醉好浪漫，只覺得是天上掉下來的壓力，只想逃之夭夭。

兩個人若要在一起，必然是各自獨立卻又彼此交集的平等對待關係，而不是一方去依附另一方。

期待拯救者的出現來改變自己的人生，不解事的青春期有這樣的憧憬無可厚非，若人生之秋還有這樣的想法，也未免太過天真。

期待別人來拯救自己，就是把自己的力量拱手交給別人。但是誰能為誰的人生負責呢？

每個人都是獨立的個體，生命中的種種喜怒哀樂都是自己的事而不是別人的責任；人生多波折，但值得好好去經歷，來到現在這個階段，我們早已知道一切都必須靠自己去面對與處理，也必須靠自己去承擔與完成。

如果不能深刻地體會這一點，那麼就算年紀再大，也沒有真正長大。

關於伊莎和那位男性，後來還有下文。

過了一個月左右，就在伊莎以為這件事情已經完全翻篇的時候，她忽然收到對方傳來的訊息，又是那樣大段大段的長文，只是這回不是熾熱的情感告白，而是對伊莎的譴責。他指控她對他的態度先熱後冷，讓他懷抱希望之後又讓他失望，就像他以前遇到的那些女性一樣，統統都是對他的情感欺騙，他覺得自己又被愚弄了。

「不過只是一個晚上的相處，只是兩個根本還不熟的人在閒聊，什麼都沒有開始，哪來的情感欺騙？」伊莎又一次地受到驚嚇，但同時也覺得慶幸：「真的是還好什麼都沒有開始，不然我現在怎麼辦啊？」

看來是個習慣怪罪別人的巨嬰，這樣的人總是會把自己的不快樂不順利甩鍋到別人身上，總是要身旁的人為他的心情與境遇負責，無法好好與自己相處，也無法長期和諧地與別人相處。

我問伊莎，如果時光倒流，回到二十歲，收到先前那一封熱烈的告白信會有什麼感覺？她想了想，說：

「應該會覺得很感動吧，我何德何能，竟然可以去拯救一個人！這會讓我覺得自己很重要，也會讓我產生愛上那個人的錯覺，然後就開始交往下去，然後就被不斷地情緒勒索，然後就無法脫身，然後就發生悲劇。」

年輕的時候覺得好浪漫的事，發生在人生的秋天時卻發現完全不是那麼一回事，也終於看清了那是怎麼回事。

走過的路與有過的經驗會讓我們知道，別再飛蛾撲火，別再重蹈覆轍。歲月的成長也會讓我們明白，幸福人生的力量就在自己手中，而不在別人身上。

所以，我想說的是，與其期待別人，不如先把自己一個人的日子過好，做一個獨立成熟的大人。

對別人太好，真的不太好

對別人好並沒有錯，但是對別人太好，那就不對了。

有些道理，從前的我沒概念，後來才漸漸明白，或者說是在慘痛的教訓裡終於恍然大悟。

是的，我說的就是「不要對別人太好」這件事。

年輕的我是個過度親切的白羊座，總是想要照顧身邊每一個人的感受，讓和我在一起的人都覺得舒適愉快，那幾乎是一種執念了，別人的心情彷彿是我的責任，所以我近乎濫情、不分親疏地對每一個人都以最友善的姿態去對待。因為我自己沒心機，就以為別人都沒心機，因為我自己很單純，就以為別人都很單純，我天真地以為自己是個善良的好人，全世界就理所當然都是善良的好人。

這當然是大錯特錯！經驗一再告訴我，過度親切往往只是自己的一廂情願。在歷經多次教訓之後，我總算漸漸學會收斂簡直氾濫成災的友善，並且總結出一個心得：

對別人好並沒有錯，但是對別人太好，那就不對了。

發生在我身上的那些教訓暫且不提，我想說的是我的好友青青的故事。

青青當年在美國留學，室友來自異邦，雖然因為從小的生長環境不一樣，想法做法等各方面都頗有差距，但青青覺得既然兩個女生有緣千里來共居一室，那就應該把彼此當成姊妹一樣對待，所以她總是沒有保留地善待對方。

室友經濟窘困，青青就盡可能的給予小額賙濟，例如代付飯錢之類，長期累積下來其實也頗為可觀。家人寄來的物資，她也大方地與室友分享。

室友一開始還會說謝謝，慢慢地就覺得這是應該的，她享用著青青的母親千里迢迢寄來的泡麵、蜜餞與各類糕餅，覺得好吃的還會吩咐青青要母親再多寄一些。後來她甚至會代領包裹，並且沒有經過青青的同意就開箱，好幾次青青回到寢室，發現室友已經把每一樣東西都拆開來品嘗了，看見青青回來不但不覺得心虛，還神色自若地招呼青青一起吃，好像那是她的東西一樣。

青青覺得愈來愈不對勁，心裡愈來愈不舒服，也終於承認很難把對方當成姊妹，因為室友只是吃她的喝她的，卻從未有過任何付出，這樣對嗎？但青青害怕衝突的場面，所以還是忍耐著維持表面的和諧，從未對室友說過任何重話。

那年冬天，青青的母親寄來了兩件大衣，一件華麗，一件樸實。天氣非常寒冷，室友卻連一件像樣的外套都沒有，青青覺得不忍，就把那件樸實的大衣送給室友。

室友穿上大衣，卻悻悻地盯著青青身上華麗的那件，眼中幾乎射出飛刀，冷冷地說：

「自私！都把好的留給自己。」

這回青青終於忍無可忍，火速找了另一間房子，在大雪紛飛中搬出了宿舍。

「經過這麼多年，現在當然已經沒事了，但那時真的很受傷啊！」青青回想起這段往事，深深嘆了一口氣，幽幽地說：

「對一個人這麼好，結果她還覺得我自私，真的太不值得了！」

有一句話是這麼說的：別人如何對待你，都是你教出來的。

對別人太好，別人就會漸漸地認為這一切都是理所當然，於是更加予取予求。當然不是每一個人都這樣，但許多人是如此，青青的室友就是個典型的例子。

如果青青在覺得不對勁之後即立下界線，不讓對方繼續侵門踏戶，就不會發生後來的大衣事件了。

從更根本來說，在兩人最初成為室友的時候，先保持適當的距離觀察對方，而不是一開始就把對方當成姊妹一般毫無保留地對待，青青後來就不會那麼心寒了。

在這方面，我也有好幾樁說來話長的慘痛經驗，和青青一樣，問題往往在於我自己一開始就沒有與對方保持距離，也沒有設立界線，歸根結柢在於當時還太年輕，人生經驗不足，對人性不夠了解。

對別人好並沒有錯，畢竟這個世界就是靠著人與人之間的善意而維持著和諧的運作；但是對別人太好，那就是對人性的測試了，而人性通常是禁不起考驗的。

人心是世界上最複雜的東西，當你給出一個蘋果，有人惶恐地不知該不該收下；有人滿心感謝地接受；有人覺得你不懷好意，懷疑那不是蘋果而是炸彈；也有人抱怨你不該只給一個，而是應該給他一籃蘋果。

那種覺得你應該給他一籃蘋果的人，往往都是你對他太好的人。

我喜歡善良溫暖的人，也喜歡自己是個善良溫暖的人，如果確定別人有需要，我一定會給出那個蘋果。

但是人心不只複雜多樣，而且善變無常，如果要持續地給出更多蘋果，那麼一定要給予值得的人，而是否值得，需要時間的檢驗。

我想，我依然是個友善親切的牡羊日座，但同時也成為了懂得隱藏與收斂的天蠍月座，經過了歲月的修正，如今我已經知道如何為自己設立界線，如何與別人保持一個讓自己舒服的距離。

我想說的是，對別人太好真的不太好，畢竟「太」意謂著過度，而過度必然傾斜，甚至造成翻覆。

對人要適度的好，支持對方的同時也要保護自己，才不會讓自己的善良變成了煩惱。

放下對別人的期待

不必期待別人，也不要活在別人的期待裡。

一個年輕女孩問我：

「如果碰到了對的人，我要怎麼知道他是對的人？如果我錯過了這個人，他是不是就是錯的人？」

她年輕的臉上充滿了期待，也充滿了困惑，還有著這個年齡很難隱藏的不安與憧憬，在一切都還未發生之前，所有的事情都只是想像，卻也因為只是想像而更強烈。

當我還在她這個年齡的時候，也有同樣的期待與困惑，但是到了現在，我已經徹底明白，沒有什麼對的人，也沒有什麼錯的人。不管遇到什麼人，都只是生命中的過客罷了。

我想對她說：只有自己才是那個一直都在的人，所以，與其期待別人，不

如認識自己。

人痛苦的根源是什麼？

也許就在於總是對別人抱著期待。

期待有人來愛你。

期待有人能懂你。

期待有人把你想要的都給你。

期待有人按照你希望的方式去行事。

期待有人讚美你。

期待有人肯定你。

期待有人永遠和你在一起。

期待有人為你改變，符合你的心意。

但是這個人在哪裡？

我聽說過這樣一個真實故事：

有個男人下班回來，給自己倒了一杯水，坐在沙發上喝了半杯，然後把剩下的半杯水放在地板上並且躺了下來，他只想休息一會兒。

但是他的妻子不樂意了，她覺得水放在地上是不對的，那可能被他不小心打翻，那樣地板就會濕，水可能會沿著木頭的細縫滲進去，造成腐壞。她要他立刻把水杯放在茶几上，而且累了就該去躺在床上，不要躺在沙發上。

可是他覺得她小題大作，他不過只是躺一下，地板上的水杯也只是暫時放一下，她何必管這麼多？難道他是幼稚園的小朋友嗎？

兩人就這樣吵了起來，結局是妻子拿起水杯砸在丈夫身上。丈夫覺得忍無可忍，無法再與這個歇斯底里的女人繼續生活下去。然後，兩個人就離婚了。

女人其實是愛著男人的，在兩人的關係中，她一直是那個盡心盡力的角色，卻為了一杯水，婚姻戛然而止。

她如果能夠看清楚，就會知道這一切讓自己如此痛苦的根源都在於期待。

期待男人把那杯水放在茶几上，就是期待他聽她的話，期待他按照她的心意去行事，期待他為她改變，期待他符合她的心意。

而這背後的心理在於：你聽我的話，就表示你愛我，就表示你懂我，就表示你喜歡跟我在一起，就表示你滿意這樁婚姻。

然而只因為男人不願意把水放在茶几上，她就覺得自己遭到了否定，不但否定了她這個人，否定這樁婚姻，也否定了她為他所做的一切。

期待裡總是帶著掌控，所以這個痛苦是兩造的，不只是自己覺得焦慮，對方也感到窒息。

期待裡也總是有著「我都是為你好」這樣的理由，例如故事中的女人要男人躺在床上，覺得床比沙發舒服，當男人拒絕的時候，她就覺得自己的一片好意被彈了回來，因此感到傷心憤怒，最後那杯水就砸在對方身上了。

但自己要給別人的，真的是別人需要的嗎？就像這位妻子為了丈夫的健康，每餐都用心準備少油少鹽的低脂食物，可是重口味的丈夫每餐都吃得很痛苦。他並不感謝妻子，只覺得自己每吃一餐都像在受折磨。而妻子如此盡心盡力，認為自己是在為對方的健康著想，如此心意竟然得不到珍惜！然而從另一個角度來看，也是因為有個健康的丈夫，自己的人生才有保障。

所以歸根結柢，「我都是為你好」其實是為了自己好，但自己覺得好的，對方可不見得也覺得好。

期待他人往往連結著對自己的完美要求，因為希望自己是完美的，才會期待從對方身上反射出自己完美的形象。

就像故事中的妻子覺得自己一直盡心盡力，於是也就期待對方是個百分之百配合她的好丈夫，當對方反抗的時候，她就感到自己完美妻子的角色遭到否定了，因此受挫憤怒。然而她所以為的完美妻子，從頭到尾只是自己一廂情願的想像。

在我們與他人的關係中，是不是都有類似的狀況呢？對方也許是生活伴侶，也許是子女，也許是朋友，甚至也許是父母，我們覺得「我都是為你好」，所以期待對方改變，期待對方符合我們的心意，期待對方給予我們想要的東西，或是期待對方以我們希望的方式來愛自己。

但是期待落空了，然後失望就發生了，痛苦就存在了。

期待別人的時候，往往也會不由自主地想要去支配、掌控與依賴，想要把對方塑造成我們理想中的樣子，然而這個過程往往帶來關係的損傷。

發出一個訊息，別人如果已讀不回，甚至不讀不回，就感到焦慮，腦內就有各種猜疑的小劇場，那就是對別人過度期待了。

都說要做自己，我們當然也要尊重別人做他自己。別人有權利不聽我們，不理我們，不回應我們，甚至不愛我們。

期待別人的時候就沒有在自己的狀態裡。當心思放在他人身上，力量也就不在自己身上。

期待別人，這看起來是別人遙控了你的情緒，但別人可能完全無感，甚至根本避之不及，而是你自己放棄了自主的權利。

不必期待別人，也不要活在別人的期待裡。

其實只要把劇本改一下，把自己變成那個被別人期待的角色，就會知道那是什麼樣的感受。

將心比心，人際關係無非如此而已。

最舒服的關係，是沒有期待與被期待的關係。

若能如此，愛將成為一種放鬆，在兩個人之間輕快地流動。

關於那個年輕女孩問我的問題，我心中有好多想說的，但是看著那張充滿期待的年輕臉龐，我知道未曾體驗過愛情的她很難理解，所以我只能微笑著說：

「Follow your heart! 依隨妳心，這樣就好。」

我想，就跟著心走吧，就這樣走過青春，走過盛夏，總有一天會走到只有自己能抵達的芳香草原，那時將會知道，所謂對的人或錯的人其實並不重要，會知道真正重要的是認識自己，而不是期待別人。

該是為自己任性的時候了

剝除了種種身分之後，自己是誰呢？這個「我」真正想要的是什麼？

凱特是我的大學同學，那時的她是個有趣的女生，喜歡嘗試新事物，對未來充滿憧憬。我始終記得某天的黃昏，我和她一起躺在校園裡的草坪上，一邊吹風，一邊看著天邊的雲彩，她唱歌一般地說：

「世界這麼大，想去的地方要趕快出發！人生只有一次，如果不能活得精采盡興，那就太對不起自己了。」

畢業後，凱特和其他人一樣，就業、結婚、生子，每天忙於工作和家庭，生活日復一日，很難說好還是不好，總之是一言難盡。

時間如此一晃就是二十幾年過去，孩子都長大了，她自己也不再年輕了，本來以為日子大概就要這樣過了，但是一次例行性的身體檢查中，她被檢驗出肺部有一顆腫瘤，這個消息讓她驚駭，同時開始思索，自己真的就要這樣過一生嗎？

「原來人生不像我以為的那樣長，不是今天過了一定還有明天，那麼在有限的時間裡，我真正想做的是什麼呢？」

凱特後來告訴我，她很感謝那次的身體檢查，雖然化驗結果是良性的，仍然讓她深刻地反思自己的人生。

她想，這些年來，她是妻子，是母親，是女兒，是員工，她有這麼多身分，雖然不是做得多好，但畢竟每一個身分都盡力了，然而，她自己呢？她為自己做過什麼嗎？

身為一個職業婦女，在工作的同時要兼顧家庭，長期以來都是分身乏術，多頭馬車，即使放假都在採買與整理家務，即使出國旅遊都是家庭旅遊，無論何時何地，她都要擔負起打理全家的角色。就算她再怎麼疲憊，也還是要強撐起一個無敵女超人的姿態去照顧別人。

其實她的內心早已充滿了無奈和苦悶，但是她放不下那些身分與責任。

「難道我一直只是在為別人而活嗎？」凱特驚覺「自己」的成分在自己的生活中竟然如此稀薄。

如果這一生真的就這樣過了，那麼就太遺憾了。

所以凱特決定，該是為自己任性的時候了。

她想起某次家庭旅遊時曾經到過的幾個很喜歡的城市，但受限於團體活動，當時只能走馬看花，讓她一直覺得很可惜，很希望有時間能在那些地方短居一段時間，真正去感受當地的生活氛圍。而她決定，現在就是實現那些心願的時候，而且，她要一個人出發！

凱特這個想法一說出口，如她所料，立刻遭到丈夫反對，以前為了不要引發爭吵，兩人意見不同的時候，她總是妥協，但這回她意志堅定，誰都不能阻止她。一旦決定要為自己任性，就要任性到底！

丈夫反對的理由主要有三：

第一是她走了，誰來照顧這個家？

第二是她一個人隻身在外，這樣安全嗎？

第三是異國短居必然要花一大筆錢，真的值得嗎？

而她的回答是：

第一，現在只是短暫地離開，總有一天她會永遠地離開，所以丈夫與孩子應該懂得如何照顧自己，如果以前沒有學會，那麼現在正是學習的時候。

第二，人活著本來就有風險，誰曉得出去買個菜會不會就遇到一輛橫衝直撞的機車？或是誰曉得身上是不是正在悄悄形成另一個腫瘤？無論在哪裡，下一刻會遇到什麼都很難說，誰能保證待在家裡就是百分之百安全？

第三，可以在一種全新的體驗裡去感受對生活的熱情，去發現一個不一樣的自己，去感覺生命的另一種可能，這樣的體驗多麼珍貴，難道不值得以一筆錢去交換嗎？人生短暫，那些錢現在不用，要等到什麼時候用呢？要留著做醫藥費或是遺產嗎？難道人活著就是準備生病或是等死嗎？

她堅定的態度讓丈夫啞口無言，最後只能同意。至於兩個正在上大學的孩子則是一開始就很支持她的決定，他們覺得這樣的媽媽很酷。

凱特向公司申請了一年的留職停薪，以她的年資足夠做這樣的申請，而且她也打定了主意，若是不通過，那麼她寧可辭職。主管見她意志堅定，也只能放行。

「其實真的不是非我不可，無論是公司還是家庭，並不會因為我不在了就倒塌了，所以有什麼好放不下呢？」臨行前，她這麼跟我說。

凱特首先選擇短居三個月的地方是北海道的美瑛，她租了一間民宿，每天對著變化萬千的天空冥想，沿著花田散步，帶著一本筆記簿和一個照相機，隨時記錄流過的思緒與風景，那種一個人獨自面對整個寧靜又遼闊的世界所帶給她的感動，讓她覺得自己真實地活著。

「在這裡，我沒有任何身分，既不是誰的太太，也不是誰的媽媽，反而是這樣，我好清楚地感到自己的存在，因為我就是我自己，如此而已。」在一封凱特從北海道寄給我的信裡，她這樣寫道。

凱特從北海道回來之後，我們相約喝下午茶，她看起來精神煥發，過去那種疲憊感一掃而空。她告訴我目前正在準備前往雲南麗江，進行下一期三個月的短居。

「我曾經以為生活就是那樣，但現在我知道我有選擇的權利，可以讓生活變得不一樣，而那需要一些任性。那些看似一成不變的，其實都是自己內心的束縛。一旦開始任性地決定為自己而活，苦悶就消除了，世界也就隨之改變了。」凱特笑著說。

日文中的任性，漢字是「我儘」，儘有「竭盡所能，不加限制」之意，所以若從字面上解讀，所謂任性，就是盡情做自己。

是的，**做自己是需要任性的。中年之後，更需要為自己學會任性。**

中年任性並不是盲目地隨心所欲，而是一種成熟的自我主張，是在經歷人生的起伏之後，追求自己真正想要的。

許多人一直都在為別人的幸福而努力，卻忘了觀照自己的需要。

面對工作與生活中的各種責任和壓力，幾乎沒有時間也沒有空間來感受自己的感受，忙於各種身分的切換，好似在為別人而活，除了煩躁與壓抑、無奈與苦悶幾乎沒有其他感覺。如此久而久之，很難不感到內心的空乏與失落。

所以要常常問自己，剝除了種種身分之後，自己是誰呢？這個「我」真正想要的是什麼？什麼能讓「我」感覺到活著，呼吸著，存在著？

中年是一個自我覺醒的時期，也是人生的第二叛逆期，青春期的叛逆也許是為了成長的苦悶，中年的叛逆卻是找到真正的自己，是源自於對自我更深的理解和對人生無常的頓悟。

真的該是為自己任性的時候了。

在人生的秋天，應該叛逆一下，任性一點，讓生命更盡興一些。如果現在不這麼做，那要等到冬天來臨嗎？那時還有任性的力氣嗎？

生活不應該只為他人而活，更要為自己而活，要去享受那些真正能讓自己感到快樂和滿足的時刻。

習慣了為他人付出的人，長期被各種身分與各種責任制約，一旦要任性做自己，往往會感到不安，懷疑這樣是否太自私了？

然而就像凱特深刻的領悟，**我們擁有選擇權去改變一成不變的現狀，可以重新找回失落的自己，找回久違的生命力，找回發自內心的自由與喜悅。**

也許是一場說走就走的旅行。

也許去攀登一座山岳。

也許開始學習在海中潛水。

把珍貴的時間用來做自己想做的事，以自己喜歡的方式過自己想要的生活，這是必要的任性，也是愛自己的表現。

愛自己怎麼會是自私呢？違背自己真正的感覺，才是對生命的浪費。

人生其實並沒有我們以為的那麼長，所以，在還來得及的時候，別害怕成

為一個任性的人，去嘗試，去探索，去愛，去冒險，去過你真正想要的生活。

那麼，當日後回頭再看時，會感激自己曾經的任性，因為那些都是活過的證據，也是對自我生命無悔的答覆。

與世界和解之前先與自己和解

第一個要和解的人就是自己，第一個要溫柔對待的人也是自己。

由坂元裕二所編劇的《四重奏》是我非常喜歡的一齣日劇，其中最觸動我的是小雀的父親過世後的那一段。

滿島光所飾演的小雀有個非常不幸的童年，母親早逝，父親則是個無賴，他和電視臺的主持人串通，為了收視率把小雀包裝為魔法女孩，利用她的年幼無知，讓她在全國觀眾面前表演虛假的超能力。

真相被踢爆之後，主持人自殺，父親因為詐欺而入獄，小雀從此在不同的親戚家寄人籬下，看盡人世的冷眼，過著漂泊的生活。

物質的貧窮、親情的匱乏之外，始終陰魂不散跟著她的還有騙子的標籤，她走到哪裡都擺脫不了假魔法女孩的封號，學生時期沒有人願意跟她做朋友，入了社會之後也沒有，因為她每到一個工作地點，不久即會有人發現她就是以前轟動全國的那個騙子小孩，總有人在她的桌上放著「快滾」的紙條，於是她也總是只能離開。

最後她不再找工作，靠著爺爺留下的大提琴在街頭拉琴賺些零錢，十分勉強地養活自己，過著孤單的日子。直到認識了另外三個同樣會樂器的朋友，四人組成了弦樂四重奏，一起生活，一起演奏，從此她才有了家，情感才有了依靠。

有一天，一個陌生人找到她並告訴她，她那二十年未見的父親快要死了，死前的心願是見她一面。這個消息勾動了她最深的恐懼，就是與那個毀了她的父親再度聯繫。她不願再見到他，就像不願再回到那些痛苦的過去。

其實痛苦從來沒有過去，那個標籤直到現在都還跟著她，像一團籠罩在她頭頂的烏雲，隨時會下雨，她從未有一天是放心的，是真正快樂的，她總擔心其他三位朋友哪一天也會知道她是以前那個騙子小孩，然後她好不容易得到的友誼又會失去。

她在父親所住的醫院外面徘徊，無論如何就是走不進去，她的內心不願意。他毀了她的童年，毀了她後來的人生，他把女兒作為生財工具人，四處招搖撞騙，讓她在整個成長過程裡成為過街老鼠，到哪裡都被驅趕唾罵。但他畢竟是她的父親，她該違背自己的意願，完成他最後的心願嗎？

然後，松隆子所飾演的真紀找到了徬徨的小雀，帶她去吃豬排蓋飯。真紀這時已經知道了小雀的過去，也看見了小雀內心強烈的掙扎，於是她握著小雀的手，溫柔地說：不要去醫院，回輕井澤吧，回我們的家。

妳可以不去見妳再也不想見的人。妳可以不原諒妳無法原諒的事。終於有個人讓小雀明白，自己是有選擇權的。

好似有個扭緊的水龍頭終於被鬆開了，一直用笑容掩飾悲傷的小雀哭了，在這個瞬間，她終於釋放了心中那個最深的恐懼，也終於和自己和解了。

她一邊哭泣，一邊大口吃著豬排蓋飯，那是一種重生的心情。先前她心中所背負的傷痛太深，此刻的釋放是她從來沒有感受過的自由。從這時開始，她第一次知道，自己有權利放下過去。

看到這裡的時候，我跟著小雀一起淚流不止，同時也鬆了一口氣。

還好不是那種不管被傷害得有多深，也要趕到對方的病榻前去見那最後一面的老套戲碼。還好不是那種道德綁架式的假和解。只因為這一幕，坂元裕二就成為了我心目中最喜歡的編劇之一。

真的，為什麼一定要勉強自己接受其實並不情願的和解？

有些傷痛是刻在心底的刀痕，無論時間多久依然在流血，所以，不論對方是誰，在還不能原諒的時候，不需要勉強自己原諒。真的不必逼迫自己演出那種俗套又濫情的劇本。

在還不能原諒的時候勉強自己去符合別人的期待，這樣對自己太殘酷了。若是心甘情願也就罷了，可是那往往都是出於傳統觀念或社會道德的壓力，而非基於自己內在真正的意願。

如果永遠都不能原諒對方也沒關係，但一定要先原諒自己的不能原諒。無論如何都要溫柔地放過自己。

真正重要的不是與對方和解，而是與自己的和解。

與自己和解是一種自我接納的過程，是當我們面對內心的傷痛、失敗、遺憾或過去的錯誤時，能夠不再逃避自己，不再怪罪自己，也不再責備自己，而是接納自己所有的情緒，柔軟地擁抱自己。

與自己和解意味著我們接受自己的不完美，也接受自己的破碎與脆弱，並且願意給自己一個重新開始的機會，不再被過去所束縛。

與自己和解也意味著不再強迫自己做那些目前還辦不到的事，同時明白**自己沒有義務當一個別人眼中的好人，那或許符合別人的期待，但並不能讓自己真正釋懷。**

當我們真正接納了自己、包容了自己的情感與經歷，內心便會逐漸釋放出寧靜的力量。這時，對方的傷害便不再掌控我們的情緒與生活。這份和平來自於我們內在的成熟，而不是外界的肯定。

經過這樣的過程，我們才真正放下了傷痛，而此時是否原諒對方已不再重要，因為我們已經釋然，也不再受制於他人的行為或言語。

於是我們終於明白，最重要的和解，不是與對方的，而是與自己的。

來到人生之秋，必須與過去和解才能得到釋放，但是第一個要和解的人就是自己，第一個要溫柔對待的人也是自己。

如果沒有發自內心先與自己和解，那麼與外界的和解是無意義的。

因此，與其強迫自己去修復與他人的關係，不如先修復與自己的關係，唯有自己能與自己和諧相處，外界的和解才會水到渠成。

愛自己從愛上獨處開始

每天有一段和自己在一起的時光，單獨與自己好好相處，會讓人漸漸愛上自己。

每天早晨，我都會獨自一人到住家附近的山上散步、閱讀、靜坐、寫作，並誦讀《金剛經》，這是我的靜心時間。我看雲、看樹、看無盡遼闊的天空，得到許多領悟，心靈無限敞開，內在也平靜而柔軟。

這樣的習慣我維持了二十多年。這樣的獨處時光，是我的鑽石時光。

在鑽石時光裡所得到的領悟，那些吉光片羽的書寫，正是朵朵小語。

過去之所以可以長期在報社工作，就是因為下午才進辦公室，所以早上我有完整的時間獨處。對我來說，這每日早晨的鑽石時光太重要了，那讓我可以面對接下來下午到晚上高強度的工作，讓我可以以一顆清明的心，去看穿職場暗潮洶湧的人際關係，在無常變化之中明哲保身。

如果沒有每天早晨的獨處靜心，我不會寫出三十集的朵朵小語，不會看完上千本的書，不會知道清晨的山林有多美，也無法在複雜的職場待上二十多年，然後得到可貴的心靈成長。

獨處是一個只有自己的寧靜時空，讓人得以脫離外在的人事物，專注於自己的內心世界。

此時，種種喧囂與躁亂都漸漸沉澱了下來，內在焦距變得清晰，靈感與直覺即從其中浮現，內心也更有洞見。

然而有些人卻很難獨處，總是需要有人陪伴，因此也總是對別人有所求，這是受制於人的不自由。

畢竟過度依賴他人會給彼此帶來壓力，因為這樣的人往往對別人的情感和行為十分敏感，容易感到被忽視或不被理解，從而引發衝突或孤立感，給自己製造困局，也給別人帶來困擾。

無法獨處的人也可能會過度依賴社交媒體來填補內心的空虛，這種依賴會讓人不知如何在現實生活中與人相處，加劇孤獨和焦慮。

所以獨處是一種必要的能力。尤其是過了人生中途之後，更是如此。

既然獨處是一種能力，那麼當然是可以培養的。

例如每天睡前寫日記，深入自己的內心。

例如一個人去散步，在靜默中與自己相處。

例如找到一件喜歡的事沉浸其中，或是書寫，或是畫畫，或是彈琴，或是園藝，享受一個人的專注與放鬆。

只要是自己一個人才能做的事，就是美好的獨處。

而我的方式，是一個人走入山林，在寧靜中與自己的內心對話。

山林中有流水的弦音，有微風的低吟，有落葉的耳語，有花開的聲音，有各種鳥鳴蟲唧，是這些聲音組合成為山林中巨大的寧靜。

寧靜其實是一種很高的心靈能量，據意識能量學大師大衛霍金斯的研究指出，寧靜是僅次於開悟的能量等級，甚至超越了愛與喜悅，因為寧靜的能量場與「神的意識」有關。

喜愛獨處，往往也就喜愛寧靜。當我們選擇與自己獨處時，就遠離了外界的喧鬧奔騰，回到內心的清寂，聆聽自己真正的聲音。

也因此每當我進入寧靜的山林，感覺都像是走入自己的內心。

如果無法常常走向山林，想要培養獨處，也可以給自己每天十分鐘的靜心時間。

在這段時間裡，完全放鬆自己，沒有任何人來打擾，看書也好，發呆也好，無所事事最好，學著按下生活的暫停鍵，讓自己徹底放空就好。

每天有一段和自己在一起的時光，單獨與自己好好相處，會讓人漸漸愛上自己。

如果可以的話，一週也該有一整天，是完全和自己在一起的時間。

這天離開平常相處的家人，也離開平常擔任的種種角色。

這天不滑手機，關上所有的社交網站。

這天不約任何朋友，自己當自己的朋友，一個人去山間海邊走走，去書店逛逛，去散步，去喝咖啡，去看電影，去感覺一個人擁有整個世界，而這個世界又在自己的心裡。

安於獨處的人在任何時候都是自在的，因為知道自己的完整，不需要別人的陪伴來填補，內心自然也就漸漸強大。

安於獨處的人內心強大，反過來說，內心強大的人必然是在獨處的時候安然自在的人。

喜歡獨處，往往也就能夠自得其樂。一個人的時候從來不會無聊，有太多有趣的事可做。一個人散步，一個人讀書，一個人創作，一個人旅行。只有獨自一人的時候才能完全沉浸於當下，不需要去顧慮別人的存在，也不需要去配合誰，這是獨處才有的自由。

因為喜歡自己才會喜歡和自己在一起，所以能夠享受獨處美好的人，必然也是喜歡自己的人。

自己就是自己的王國，自己就成為一個飽滿而豐富的宇宙。

年輕的時候，關注的方向往往是向外的，那時需要建立的是對外的人際關係，然而來到中年，生活節奏漸漸趨緩，就該把關注的箭頭轉而向內，要開始往內走，往內看，因為我們終將發現，與自己的關係才是最重要的。

獨處不僅僅是遠離外界的干擾，更是與內在的自己建立聯繫，讓人在喧囂的世界中找到屬於自己的那份安寧。

學會獨處，這是人生中途的必經之路，因為這條向內的道路，讓人看見內在還有一個無限遼闊的世界，會讓人對外在的一切漸漸看開、看淡，也看穿，也就愈來愈淡定與從容，愈來愈成熟，愈來愈有智慧，愈來愈自由自在，愈來愈懶得自尋煩惱。

喜歡獨處，並不意味著從此就要離群索居，息交絕遊，畢竟我們生活在一個群體的世界裡，而且總是有我愛的人與愛我的人。我們需要與愛聯繫，需要在自我與他人之間取得平衡，有了平衡才有快樂的人生。

而對我來說，用多少時間與人相處，就要用雙倍的時間與自己獨處，才能得回內在的寧靜。

寫作的人本質上安於獨處，也需要獨處，回顧我的人生，和自己在一起的時間遠比和別人在一起的時候多很多。

而且，隨著歲月愈來愈深，時間愈來愈珍貴，就愈來愈不願參加任何寒暄式的聚會。

所以除非是去見真心想見的朋友，我不會輕易出門。不是社恐，只是單純地覺得不想浪費時間。與其在一個喧鬧的空間裡說著社交語言，我寧可回到自己安靜的書桌前。從很年輕的時候就是如此，到了現在更是這樣。

我只想把珍貴的時間用來做自己想做的事，見自己想見的人，以自己喜歡的方式過自己想要的生活。這是我的任性。我喜歡這樣的任性，做為一個寫作的人也需要這樣的任性，需要因此而給予自己的獨處與自由。

獨處不只讓人得到自由，也是愛自己的基礎，而愛自己則是與他人相處和諧的基礎，如果和自己處不好，是不可能和別人處得好的。

所以，愛自己，就從愛上獨處開始吧。

單身男女過年的5種方式

與其和別人不自在地相聚，還不如和自己開心地在一起。

我的朋友詩詩曾經有過一段婚姻，那並不是一個愉快的經驗，所以好不容易脫離婚姻枷鎖的她無意再婚。平常的日子裡，她總是一個人處理所有大大小小的事，包括烹飪、植栽、購物、布置這種生活瑣事，還有報稅、記帳、投資理財等等燒腦之事，甚至連修水管、油漆牆壁之類需要體力的粗活也難不倒她。詩詩喜歡自己的單身生活，也把一切經營得井井有條。她很享受一個人的自由快樂，並不期待另一段感情的開始。

如此一個堅強俐落的女子，卻在過年之際忽然變得很脆弱，尤其是除夕的夜晚，詩詩陷入了巨蟹座式的感傷。她沒有孩子，父母都已過世，唯一的姊姊也早已結婚，當別人都在圍爐的時候，平常的自由就成了孤單，彷彿全世界只剩下她一人，而我則成了這個寂寞的夜晚她傾訴心聲的對象：

「我是不是還是該有個伴呢？平常都好好的，但過年真的很不好過耶！唉，如果有人陪伴度過這種時刻就好了。」

年節的氣氛愈來愈淡薄，過年其實也不過就是三百六十五天當中的幾天，只要不當一回事，也就是平常的日子一般過去了。

但過年畢竟還是有象徵團圓的意義，一旦意識到這個涵義，總是難免突顯了單身男女的形單影隻。

有人並不嚮往闔家團圓，對此並沒有特別的感覺，有人反而慶幸不必舟車勞頓回鄉與總是問東問西的親戚相聚，但也有人像詩詩一樣，平常對單身生活怡然自得，到了過年卻覺得孤單寂寞冷，淒涼的心境揮之不去。

有個可以相互陪伴的感情對象雖然不錯，但這也不是想要就有的，尤其是經歷過一些人生風霜的中年人，更不輕易動心，也不容易再進入一段固定的關係。平常並不覺得有什麼欠缺，到了過年之類的特定節日卻不免因為周圍的氛圍而感傷。

若想轉換心境，或許以下幾種過年方式是不錯的選擇：

①出國度假

旅行可以改變時空，擴大世界的同時也擴大眼界與心境。

到一個沒有農曆年的國家，去看山看水，去體會不同的文化，去坐在露天咖啡座喝一杯咖啡，去買自己喜歡的漂亮東西，讓自己感覺幸福滿滿。

在這樣的當下，你只覺得能自由自在地享受人生真美好，感傷什麼的早就消失無蹤了。

②單身好友相約過年

設一個單身群組，把每年的過年都當成派對來辦，租一間民宿一起過節，或是相約去爬一座百岳。大家熱熱鬧鬧地相聚，所有的孤單寂寞冷全都拋到九霄雲外了。

也不只過年，這個群組還可以套用在情人節，或是任何其他期待有人陪伴的節日。

③一年一度的閉關

趁著難得的連假去參加內觀十日，或是到某個風景優美的靜心中心去度過幾天清修的日子，洗去一年的塵勞，回歸本來面目的自己。在內觀與靜心之中好好與自己在一起，這會讓你更了解自己，也更愛自己。

再回到平常的生活之後，將更神清氣爽，也更有能量面對新的一年。

④完成一件一直想完成的作品

採買齊全這段期間需要的食物與生活用品，然後關起門來，斷絕一切外界的聯繫，完成一部一直想要完成的創作，也許是一篇小說，也許是一幅畫。

小說可以投稿或參加徵文比賽，說不定會得到美好的收穫，畫可以裱起來掛在牆上，自己看了都開心，也充滿儀式感與成就感。

無論是完成什麼樣的作品，都是自我心靈的呈現，都是獨一無二的成果，也讓新的一年有一個積極的開始。

⑤徹底放鬆

一樣是採買齊全這段期間需要的食物與生活用品，然後關起門來瘋狂追劇，或是好好把所有想讀的書讀完，或是做其他任何會讓自己快樂的事情，總之是徹底放鬆。

單身的好處之一就是沒人管也不必管別人，自己愛怎麼樣都行。

單身的人數每年都在上升，愈來愈多人平常是自己一個人生活，過年也是自己一個人過年。

以平常心看待，過年其實只是一段放假的日子，單身者可以把自己的假期安排得很好，當然也包括過年。只要自己喜歡，怎麼過都好。

我把以上想到的單身過年方法傳給詩詩，那頭好半天都是未讀狀態，過了一段時間，她顯然是想通了，傳來一個笑臉，還有幾段話：

「就算沒有可以一起過年的情感對象，自己一個人過節也很好啊，至少不必配合別人。

「其實想想以前我還是人妻的時候，過年也並沒有多開心，身旁雖然有人，彼此的心卻離得很遠，真的還不如自己一個人呢。

「再看看我姊姊，每年過年都要大包小包回到夫家去料理一大家子的年夜飯，累得要命，姊夫一家還覺得那是應該的，沒有任何人表示感謝。與其是那樣的團圓，不如我跟我自己團圓。」

嗯，她能想開就好。

是啊，與其和別人不自在地相聚，還不如和自己開心地在一起，所以一個人過年又何妨呢？

什麼是你人生的第一位？

愛是一種能力，愛自己更是能力中的能力。

一個朋友前些日子展開了一樁新戀情，對方的態度主宰了她的心情，讓她時而快樂飄然，時而又失魂落魄。

雖然她周圍的人都早已看出那個男人根本不能依靠，也不值得付出真心，與其說他在意她，不如說在意她所擁有的錢財，因為他總是以創業的各種名目要她資助，她也源源不絕地供應輸出，然而那些錢最後都不知去向；至於他對她的態度則是時冷時熱，明眼人都看得出來那是一種刻意的操控，要她對他死心塌地，無法自拔，這樣才能更讓他對她予取予求。

按照這樣的態勢發展下去，結局可想而知，他很可能讓她不只失去情感，還會失去半生積蓄，她所累積的一切很可能都會化為烏有，而當她被掏空了，這個男人也就會離開了。

除了她自己，她身旁的每個人都很清楚這是飛蛾撲火，不斷有人勸她清醒一點，但她說愛情是她的首要，是她人生的第一位，為了愛情，她可以付出一切在所不惜，就算被騙也甘之如飴。

人生過半還能為情為愛如此忽忽如狂，未免太執著，太折騰，也太危險。我相信這其中一定有快樂的成分，但是痛苦絕對更多。為了那一點點的快樂而承受劇烈震盪的痛苦，是因為她把愛情放在至高無上的位置，所以不管那是怎樣帶著欺騙成分的對待，那個男人又是多麼不可信賴的對象，戀愛腦的她就是把對方看得比自己更重要。

年輕的時候，錯愛還可以重來，到了現在這個年紀，其實是傷不起的。或許要等到最壞的結果發生了，她才能看清這一切是怎麼一回事，但那時還有重新站起來的力氣嗎？

就算那個男人沒有欺騙她，就算這樁愛情是真心誠意，但只要是陷入情愛關係就難免患得患失，好似坐上愛情的雲霄飛車一樣。以前可能會有幾分樂趣，到了現在這個人生階段還堅持在車上衝鋒陷陣，未免也太自我折磨。

也許我們都曾經把愛情放在第一位，但來到了人生中途，就要重新安排生命的順序，要讓更重要的選項超脫在愛情之上，否則心情總是跟著上上下下起伏震盪，太累人也太惱人了。

那麼，成為一個超脫了愛情的大人，什麼該是人生的第一位呢？

答案總是因人而異。

有人把財富放在第一位。

有人把兒女放在第一位。

有人把健康放在第一位。

有人把自我實現放在第一位。

無論把什麼放在人生的第一位，那個「什麼」就會成為個人最重要的生命核心與人生主題。

世界是由個人意識的總和所形成的，每個人都有屬於自己獨一無二的世界，每個人也都只有這個自己專屬的世界。

正因為只有一個以自己的意識所形成的世界，如果自己不能成為這個世界的主人，那麼周圍的一切必然四分五裂。

是的，**自己就是自己世界的支柱，自己就是自己世界的核心。**

所以，什麼該是人生的第一位？如果是我來回答這個問題，那麼我會說，自己。

年輕的時候，我也曾經把別人放在我的世界中心，而後來證明那是我犯過的最大錯誤。當時的我也是個戀愛腦，以為愛一個人就要把他看得比自己更重要，所以事事以對方為中心。那個人像是我的主機，而我像是那個人的附屬應用程式，結局可想而知，當那個人要從我的世界抽身走開，而且還是惡意關機的時候，我的世界就崩塌了。

那段日子，我的眼淚總是掉個不停，還記得某一天，當我又陷入悲傷而哭泣不已時，在淚眼矇矓中，我發現眼前的世界漸漸出現奇怪的白霧。天啊，難道因為太多哭泣而快要瞎了嗎？當下我心驚至極。

為了一個根本不愛我的人這樣哭哭啼啼值得嗎？

是那個惡意離去的人重要，還是我的眼睛重要？

他離去了，我可以活得更好，但眼睛壞了，我的世界就一片黑暗了。

在那個當下，我徹底醒悟，瞬間豁然開朗，從此以後再也不曾為不值得的人流過一滴淚。

我應該感謝那個巨大的崩塌發生在年輕的時候，讓我執迷不悟的時間沒有太久，也讓我在往後的人生裡徹底明白，沒有任何人比我自己更重要。

其實不只是愛情對象，包括家人、配偶、子女，都不能把對方的位置放在自己之前。

「我愛你勝過愛我自己。」聽到這句話，我只覺得毛骨悚然。

對於被愛的這方來說，這不是愛，而是一種「我對你這麼好所以你也該把我看得很重要」的情緒勒索，是「我所做的一切都是為你好所以你應該聽我的話」的精神控制。

至於對自以為在愛的這方來說，這必然是一種可怕的傾斜。畢竟每個人都是獨立的個體，每個人都有屬於自己獨一無二的世界，一旦把任何人的重要性放在自己之前，整個世界也就岌岌可危了。

「我愛你勝過愛我自己」是內在的陰影，因為不懂得愛自己，所以才要別人來填補，但那是永遠填不滿的黑洞。

自己要過得好，周圍的一切才會跟著好，自己就是整個世界運轉的核心，如果核心不穩，整個世界就會有某種傾斜。

把別人放在自己世界的中心，這是非常危險的，早晚會傾覆的。

可能有人會問了，把自己放在人生的第一位，高過父母或子女、配偶或戀人，這難道不是一種自私嗎？

當然不是啊！這就好像蓋房子一樣，最重要的是把地基打好，而**把自己放在最重要的位置就是為人生打地基**；是因為有了安穩的地基，所以整座建築才能牢固堅實，那一層又一層的人際關係才能維持良好，想要的財富、健康與自我實現也才會有意義。

愛自己，在字面上分為兩個部分，一個是愛，另一個是自己。

愛，還是在自己之前。

明白什麼是愛，才知道要如何愛自己，也才知道什麼是愛自己。

愛是一種能力，愛自己更是能力中的能力。

也因為愛自己，才知道怎麼去愛人。

中年還能不能談情說愛？當然可以，但是如果把愛自己放在第一位，知道再怎麼樣都不能把對方看得比自己更重要，這樣就會少去很多的自我折磨，也不會不顧一切地付出而讓自己陷入萬劫不復的境地。

不愛自己，卻想去愛人，就注定了一場災難。

先愛自己，再去愛人，人生才會如魚得水。

人生來到平原狀態的6個徵兆

這是與自己相處愉快的狀態，也是不假外求的狀態。

收到朋友傳來的一則單格漫畫，上面是一個臉上有微笑、頭上有花朵的女人，還有一行大字標題：「走上坡的六個徵兆」。

這則漫畫引起我的好奇，是哪六個徵兆會讓人愈來愈好？人生愈來愈昂揚向上？於是我仔細讀了標題下的六行小字：

喜歡獨處，拒絕一切無效社交。

做自己喜歡做的事，不在乎別人的眼光。

不再把希望寄託在任何人身上。

愈來愈自律，養成獨立性格。

收斂脾氣，不衝動，保持冷靜。

有明確的目標，願意嘗試新事物。

我正在琢磨這六個徵兆，朋友又傳來訊息：

「看到這一則漫畫就想到妳，因為覺得妳正是這樣的人。」

這六點確實都很符合自己現階段的狀態，但是我並不覺得這是走在人生的上坡路，因為上坡需要花力氣，而且有一個登頂的目的，必須全神貫注，全力以赴；然而身處在這樣的狀態裡，感覺是放鬆自在的，沒有一定要完成什麼大事，也沒有一定要到哪裡去。

所以與其說這是上坡，不如說更像是來到一個遼闊的平原，有風，有光，有緩緩流過的河流，有舒卷的雲朵和天空，是一個讓自己很舒服的狀態。

來看看這六個徵兆：

① 喜歡獨處，拒絕一切無效社交

人生到了某個時期，就只想專注於自己的內在世界，對於外界的一切變動得失會漸漸看淡，因為這時已經愈來愈明白，**真正重要的都在自己的內心，外在的一切起落皆是過眼雲煙**。

所以自然而然不會想再參加任何社交式的聚會，也不會想繼續維持什麼表面的人際關係。這些都不會帶來內在的豐盈，只會感覺莫名的空虛。與其和一堆人和在一起言不及義，不如回到獨處的空間安靜地和自己在一起。

② 做自己喜歡做的事，不在乎別人的眼光

可以安於自己一個人的狀態，**不去攀比，不去連結，也不去在意，那些不想要的人事物就會在自己的生活裡逐漸銷聲匿跡**，久而久之，內心也會愈來愈寧靜。

一個內心寧靜的人，必然亦是內在強大的人，擁有真正的自信，做任何事都是為了自己喜歡，而不是為了得到他人肯定，所以當然也不會在乎別人的眼光。

③ 不再把希望寄託在任何人身上

專注於內心世界，有自己的內在道路，對別人自然也就不會再有期待與依賴，更不會把希望寄託在他人之上。

真正的力量永遠都來自自己，唯有自己的心才是這個世界的核心。

④ 愈來愈自律，養成獨立性格

獨立與自律相輔相成，一個可以獨立過生活的人，必然也是一個自律的人。

適當的運動、節制的飲食、良好的生活習慣，都是必須的自律，這樣身上才不會堆積出贅肉，也不會因為熬夜而弄亂生理時鐘，破壞自己的健康。若是自我放縱成一灘爛泥，日子就難過了。

自律是讓自己在一個輕快的能量狀態上運轉，那種輕快的感覺會讓自己更喜歡自己。

自律的人知道生活是自己在過的，不是給別人看的，所以不必對別人交待什麼，也無須時時都要博取他人關注。

⑤收斂脾氣，不衝動，保持冷靜

自律的人也不會是無法控制情緒的人，所以懂得收斂自己，不會衝動行事。

發脾氣其實是一件很耗損能量的事，我以前的經驗是大發脾氣之後就會累得大睡一場，後來就知道那太傷害自己，所以絕對不會再那樣了。而且情緒失控一定會帶來懊惱後悔，結果只是造成自我內在的衝撞，讓自己覺得不舒服而已，何苦來哉。

因此**自律的人會保持心性的平和冷靜，不會任由情緒氾濫而對自己不利。**這是明哲保身，也是珍愛自己。

⑥有明確的目標，願意嘗試新事物

生活裡有明確的目標，身心才會處於流動的狀態，而不是僵滯成一池死水。

目標不必多麼遠大，也許只是一些生活小事，例如跟著網路教學學會如何使用ＡＩ圖片生成器，或是學會如何做麵包，這些新事物的學習都能給自己累積更多的成就感與自信。

我最近的新目標是要做出自己認證的全世界最好吃的炒麵，這真的帶給我很大的樂趣。

琢磨的結果，我得到的結論是，以上六個徵兆都來自於喜愛獨處。

因為喜愛獨處，就會謝絕一切無謂的社交，就會知道自己真正喜歡什麼，就會想要把一個人的生活過好，就會有自己的目標，就不再容易受到外界的波動，也不會把希望寄託在別人身上，而且一定會愈來愈自律。

若這六點都符合自己現在的狀態，人生不必上坡，保持在這樣的平原狀態就很美好。這是與自己相處愉快的狀態，也是不假外求的狀態。

人生的平原狀態無法一蹴可幾，前面必然要先走過一些荊棘之路，先經歷一些驚濤駭浪，然後才會懂得這樣的狀態有多麼可貴。

也不知道從什麼時候開始，許多與「平」這個字有關的詞彙漸漸成為我的喜愛，平安、平靜、平衡、平和，這些都是我覺得好重要的狀態，也是這些狀態組成了人生的平原狀態。

這樣的狀態，放鬆，自在，身旁有人也好，沒人也好，一樣都好；在這個平原上，看雲也好，吹風也好，怎樣都好。

而這一切，都是從喜愛獨處開始的。

歸根結柢，獨處是愛自己的基礎，當自己愈來愈喜歡獨處，就會愈來愈喜歡自己，也會活得愈來愈舒服。

輯二 懶得多事

最近忙不忙？

人生到了某個階段之後，就會明白最珍貴的無非是時間和自己的空間。

每次遇到好一段時日沒有聯絡的朋友，對方總會問：「最近忙不忙？」如果我說「很閒」，對方就會顯得很尷尬，對話也就很難接下去。如果我說「很忙」，對方才會流露出放心的樣子，歡快地說：「忙才好啊！」並且興致勃勃地問：「忙什麼？」於是對話也就繼續了下去。

我曾經為此感到困惑，很閒不是很好嗎？可以悠閒度日，無須緊張什麼，不必一定要完成什麼，隨興所至，自由自在，這不是非常美妙嗎？相反的，很忙代表著不能好好吃飯，不能好好休息，總是灰頭土臉地趕著完成事情，被時間綑綁而不得自由，是好在哪裡呢？

後來我才漸漸明白，對許多人來說，忙碌代表著有在努力地活著，是社會的中堅分子，悠閒則代表著活在社會的邊緣，是可有可無的存在。換句話說，忙，證明了自身的價值，是重要的，是被需要的；一旦閒下來，不知道要做什麼，就等於不知道置身何處，對習慣了忙個不停的人來說，不只心慌，還會心虛。

小時候第一次看到「好逸惡勞」這個成語，我欣然點頭，覺得自己就是個好逸惡勞的人，但後來才知道，原來這不是什麼正面的形容，而是指一個人好吃懶做的意思。

那時我也很困惑，我並不是個貪吃的孩子，功課也都有好好做完，但我真的喜歡安逸而討厭勞碌，所以這其中是有什麼誤解嗎？

長大之後才了解，成語往往反映了華人傳統的意識形態，所以也就難怪「安逸不對，勞動忙碌才是對的」這樣的想法根深柢固，「少壯不努力，老大徒傷悲」或許可以做為這種意識形態的註解。

我同意該努力的時候是該好好努力，但是懂得如何好好放鬆不是也很重要嗎？

畢竟快樂的人生在於平衡，長期傾斜於一邊，世界總有一天會坍塌；人生愈是要走得長遠，愈是要能夠鬆開身心來享受悠閒，才能時時把肩膀上的壓力卸下，同時也卸下那些可能伴隨著壓力而來的各種疾病。

以前可能習慣了快走甚至快跑，但是當人生來到秋天，要放慢速度，氣定神閒地散步，偶爾安靜地駐足，才能好好感受周圍的一切，也才能感到那種發自內心的喜悅。

但我身旁有些朋友長久以來習慣了忙碌，無法放鬆，也不願放鬆，因為在潛意識裡對於安逸度日有著不安與罪惡感，所以總是用工作把所有的時間填滿，直到健康終於出了狀況，被自己的身體強迫休息為止。

我的朋友阿傑曾經是個工作狂，日子過得馬不停蹄，總是身兼數職，一心多用，並且以一天只需要三個小時的睡眠為傲；對他來說，所謂的美好人生，就是成為一個別人眼中的重要人物，而所謂美好的人際關係，則是在認識新朋友時可以遞出印著響亮頭銜的名片。可想而知，阿傑其實沒有什麼真正的朋友，也沒有什麼真正的生活。

直到阿傑因為一場大病而被迫離開職場，並在某個偶然的機緣之下搬到臺東，原先高速運轉的狀態才不得不緩慢了下來。

他失去了原來的社會位階、曾經累積的財富，也因為這場大病而失去了半個胃，以前的豐功偉業，如今回想起來全是一場空。

在很長一段低落沮喪的時日之後，他漸漸接受了自己的失去，然後慢慢可以感受海邊的落日之美，並從潮來潮往之中得到許多生命的領悟。

我在臺東海邊認識阿傑，他看起來是個溫和的人，但他說以前的自己非常暴躁，總是急著從上一件事到下一件事，或是急著從上一個地方到下一個地方，因此沒有耐心對待別人，也沒有耐心對待自己。

「我曾經過著急促匆忙的日子，卻不知道那樣長期累積的壓力有多可怕！當我失去了健康，才恍然大悟以前真的沒有好好對待自己。」阿傑說：

「直到我被迫放鬆下來，開始去體會與感受生活中許多微小卻美好的片刻，才知道什麼是由衷的快樂。對比於以前，現在的我簡直一無所有，卻有了真正活著的感覺。」

我也曾經有過忙碌的工作，那時在報社上班，每天都是從下午工作到深夜才能回家，而無論多麼晚歸，第二天我還是一早就醒來，然後到住家附近的山上散步與靜坐；我需要那樣的放鬆來平衡與安頓自己，常常只是看著天上雲朵的流動就可以看去一上午，那讓我感到內在的平和寧靜，對外在的許多變化也就視若雲煙。因此接下來的下午與夜晚，無論在職場上遇見再多惱人的人事物，都已無所謂了。

後來我辭去工作，專注於寫作，就是為了要把全部的時間都拿回來。

人生到了某個階段之後，就會明白最珍貴的無非是時間和自己的空間，那是千金難買的；我沒有一刻懷念過上班的日子，也沒有一時眷戀過主編的頭銜。工作對我來說只是一個已經結束的人生階段，過去就是過去了。寫作才是現在與未來的事，而生活的重要又更在寫作之前。

米蘭·昆德拉是我最喜歡的作家，他說：

「悠閒的人是在凝視上帝的窗口。」

悠閒的人才能放鬆下來，放鬆下來才能感受風的吹拂、雲的流動、草葉的生長、夜晚的星光……忙碌的時候對許多事物總是視而不見，悠閒的時候才會感受到這個宇宙無所不在的美好，也才會明白自己擁有的是怎樣的豐盛。

來到人生的秋天，要好好感受這樣的豐盛與美好，別被時間與壓力綑綁，要好好善待自己，擁有與大自然對話的閒情。

那麼，親愛的朋友，你最近忙不忙呢？

金錢是能量

金錢不只可以帶來快樂，有時也可以代換成尊嚴，代換成自由的選擇權。

我曾經是個不食人間煙火的文藝少女，覺得談錢是一件傖俗的事，即使講到「錢」這個字都會讓我瞬間臉紅，所以很長的一段時間，我從來不去想和錢有關的事，更別說談錢了。

也因為那時的我覺得金錢就是數字，而數學是與我無緣的科目，A等於B等於C，金錢等於數字等於數學，應該也是無緣。但這並不重要，人生只要有風花雪月就好，而這些都不是金錢可以換來的。

直到終於明白人生不是只有風花雪月，還有柴米油鹽，我才恍然大悟，金錢就是能量啊！而基於吸引力法則，如果對金錢有排拒的意識，那就是排拒金錢的能量，輕則造成現實的匱乏，重則帶來困難的金錢問題，那可不是我要的人生。

美好的人生是豐盛富足的人生，與其說我們要的是金錢，不如說要的是自由自在運用生活資源的能力。金錢絕對不是一切，但能量充沛、游刃有餘才有人生的底氣。

隨著年歲漸長，我也漸漸發現，理財其實很有趣，而且是一種必要的學習，因為那與世界趨勢有關，與社會脈動有關，能開拓過去不曾觸及的層面。畢竟生活中除了文字，還有數字，那已不是黑板上的習題，而是必須了解的真實。感性與理性、左腦與右腦一起和諧運作，人生才能穩健地前進。

雖然說這世界上所有最珍貴的都是無價的，都是金錢無法換來的，例如陽光，例如清風，例如愛，但也必須先滿足了生存的需要，才能去感受那些風花雪月，那些生命之美。

金錢是能量，而能量需要流動，流動才能讓一切美好的事物發生，所以不但要捨得把錢用在自己的身上，也要捨得把錢布施出去給予需要的人，用這股能量來善待自己，也善待別人，悅己並且利他，金錢的來去就會成為一個正面的循環。

金錢也是吸引力法則的實證。心懷慈悲，對他人慷慨大方的人，宇宙往往也會對他慷慨大方；反過來說，對金錢自私自利的人，世界也會對他斤斤計較。

也是因為吸引力法則的緣故，與他人比較會帶來匱乏之感，而那樣的心念會與貧窮連結。常常感謝自己所擁有的，則會得到更多。

如何取得金錢的方式，往往也是個人如何設定人生的方式。可以心安理得地賺錢，也才能心安理得地花錢。

所謂的豐盛，是物質與精神的相輔相成。真正的富有，是身心靈都安然與滿足。

綜合上述，我想說的是，金錢不只在於物質層面，同時也是心靈的議題。

或者說，金錢不只與現實有直接的關聯，還是心靈在現實世界中的呈現。

所以我不會說「金錢不能帶來快樂」這樣的話，因為現實會符合我們的心念，若是覺得金錢不能帶來快樂，那麼個人和金錢的關係也就不會快樂。

對我而言毋庸置疑，金錢當然能帶來快樂，因為金錢能交換許多讓我快樂的東西，例如一場可以住好旅館的異國旅行，或是一張最佳位置的音樂會票券，例如可以為我的母親購置一套適合老人家的沙發，或是讓我的貓咪們每天都能享用牠們喜歡的罐頭。

但是比快樂更深一層的，是不假外求、發自內心的喜悅，不因外界變動而變動的喜悅，然而那是另一個層次的覺受，是修行的成果，是現實的超越，屬於另一個議題。

快樂與喜悅是不同的層次，但能擁有金錢帶來的快樂，也是不必否認的美好。

金錢不只可以帶來快樂，有時也可以代換成尊嚴，代換成自由的選擇權。

尤其是來到人生的秋天，對這方面的感受會比過去更深，因為這往往是能不能離開職場、過自己想要的日子的條件。

在這生命的橘色時期，也是我輩中人豐收的時候，要把握這個階段感受美好人生，需要什麼就買吧，想做什麼就去吧，五十歲的旅行和六十歲的體驗不會一樣，到了七十歲可能已經不想去了，到了八十歲更可能已經去不了。

人生的上半場努力過了，下半場要好好地把金錢化為取悅自己的能量，要愛錢也讓錢愛你，千萬不要只是辛苦一生，把金錢累積成遺產。

真正的富有是身心靈都達到滿足與豐盛，這包括健康的身體、平靜的心與自由的靈魂，當然也包括擁有可以獨立運用的金錢。讓金錢為自己帶來生活中美好的小確幸，好好善待自己，身心靈都會得到愉快。

所以為自己花錢的時候，我不會捨不得，因為我知道我值得；把錢布施出去的時候，我總是誠心祝福，因為我知道那會帶來良善的能量循環。我也相信以歡喜的心使用金錢，會帶來更多的歡喜。

少女時代講到錢都會臉紅的我，現在卻可以坦率地談錢，高中數學考卷總是零分的我，現在卻覺得理財很有趣。我喜歡自己這樣的改變，因為我已經明白金錢就是能量，也深知經濟獨立的重要。

經濟獨立是生活獨立、思想獨立和情感獨立的基礎，對決心單身的人來說更是如此，要先有經濟獨立，才能過自己想過的生活，成為自己想要的樣子。

而無論單身也好，有伴也好，能夠不依靠任何人、憑著自己的能力爽快地為自己想要的一切買單，有餘裕幫助別人，並照顧所愛的家人，這是能量的展現，也是值得成為的大人。

不反應，有時是最好的回應

不需要為了別人的情緒而讓自己心神不寧，不需要把別人的課題變成自己的問題。

有一回去某地旅遊，進入旅館房間不久，門鈴響了，我去開門，門外站著一個陌生的胖婦人。我還沒開口說話，婦人已經像卡車一樣地衝了進來，大聲嚷道：

「借我看一下。」

她就這麼大搖大擺地走到窗前觀望了一番，然後雙手抱胸點頭微笑，臉上帶著鄙夷的表情自言自語：

「看起來不怎麼樣，跟我們那間也沒有差很多，所以我就說嘛，真的不需要多加錢住高樓層啦。」

說完她就扭身走了。

從頭到尾，我都來不及有任何反應，直到門在她身後砰然關上之後，我才驚訝地想，剛才是怎麼回事啊？回過神之後，我拿出隨身噴霧四處噴灑，讓香氣去淨化磁場，消除這位不速之客留下的負能量。

後來每當遇到無禮的人，我就會再次想起這個婦人衝進房間的場景，同時也再次驚嘆地心想，她的出現真的充滿了象徵啊！

可不是嗎？那些無禮的人也就像這個婦人一樣，總是莫名其妙地闖入你的空間，留下莫名其妙的惡意，然後一走了之。

好比說，社交網站。

有一些人，只在臉書相會，在現實人生中並無往來，卻會因為不同意你的看法，在你的貼文下方留下充滿挑釁意味的留言。

公眾平臺本是各抒己見，表達自己的同時也必須尊重對方，若是覺得別人發言不合己意，視而不見地路過就好，或是禮貌且理性地提出自己的見解也很好，但是那種留言總是帶著情緒要去駁倒別人。

我從來都不明白那種挑釁是什麼心態，其實也不必明白，總之無須耗費能量去回應，默默解除朋友關係就是了。

沒有必要再多言說服對方同意我的看法，這不過只是一篇臉書貼文，對同樣的一件事每個人本來就各有觀感，誰也無須說服誰。但也真的不必承受對方的惡聲惡氣，為了別給對方再次挑釁的機會，所以必須截斷可能的聯繫。

就像不需要留下讓自己不舒服的衣服，也不需要留下讓自己不舒服的人際關係，何況還是在真實生活裡根本沒有關係的關係。

只要不打開那些社交網站，就可以關掉所有網路上的往來，但生活裡不管再怎麼把人際網路減到最低，難免還是會遇到沒禮貌的人。

面對莫名的惡意，如果可能會造成實質的損傷，那麼一定要據理力爭，捍衛自己的立場，以免對方得寸進尺，給自己帶來後患；但是，如果只是意氣之爭，不去回應對方，不讓自己因為一來一往而繼續糾結不休，才能截斷對方帶來的負能量。

關於這一點，佛陀在兩千五百年前就已經說過了。

那時佛陀在一個村莊裡說法，一個無禮的男子來到佛陀面前，故意用惡毒的語言侮辱他。

佛陀並沒有對這個男子的侮辱作出任何反應，只是面帶微笑，保持著一貫的平靜。

男子叫罵了一番，終於因為得不到回應而訕訕地偃兵息鼓，佛陀才緩緩地開口問他：「如果有人送你一個包裹，但你不接受，那麼這個包裹屬於誰？」

男子用嗤之以鼻的口氣回應：「笨蛋！當然是屬於送禮的人。」

佛陀微笑著說：「你剛才用言語侮辱我，但我並不接受，因此這些侮辱仍然屬於你。」

這個無禮的男子對平靜的佛陀毫髮無傷，所以自始至終，他的叫罵只是讓自己的心裡充滿了憤怒和仇恨而已。

佛陀對惡言惡語的不起反應是一個覺者的示範，外界的惡意只有在我們接受時才會對自己造成影響，若是不接受也不反應，便能保持內在的平靜與安寧。

生活中難免會遇到各種狀況，我們無法控制外界的環境和他人，但可以學會管理自己的內心。

不反應，才不會沒完沒了。

不反應，才不會與對方的能量糾纏。

不反應，才不會與對方負面的心念連接。

不反應，才能止於當止，才能截斷雙向的互動。

不反應，不被對方影響，就什麼事都沒有了，當下雲淡風輕。

何必讓那些不重要的人事物來占據自己的時間和心念呢？不值得讓他們與它們把自己的情緒拖垮。

一顆石子扔進池塘雖然會引發漣漪，但一段時間之後就復歸平靜。外界的人事物雖然會引發我們內在的波動，然而只要靜靜看著自己，不去回應對方，波動就會漸漸平息。

二十多歲的時候，我曾經在某女性雜誌當過人物專訪的記者，採訪過許多具有代表性的當代女性，其中有一位是新聞主播，當時她正經歷著高知名度與高競爭性所帶來的流言蜚語，我問她人生座右銘是什麼？她先是深吸了一口氣，然後慢慢地、一個字一個字地說：不，動，如，山。

她說話時端凝的語氣與表情，讓我至今依然印象深刻。

不動如山，當時對這句話其實沒有太多體會，如今才明白了這句話的深意。

人生的種種考驗太多了，時時刻刻都可能面臨許多意想不到的狀況，如果自己的心不能像是山一樣穩定不動，那必然很容易因為外界的起伏變化而上上下下。

穩住自己的心。沒有你的允許，任何人任何事都傷害不了你。只有自己覺得被傷害，傷害才會成立。心若是夠強大，那些外界的惡意也不過是被風吹落的枯葉，不必拾起，無須在意。

不反應，也許是最好的反應。不需要為了別人的情緒而讓自己心神不寧，不需要把別人的課題變成自己的問題。

生活裡有太多人就像那位不請自來的胖婦人，以前與自己毫無關係，以後也不會有交集，所以當下無論發生了什麼，都只是一個不必收下的包裹，只是一片隨風遠去的枯葉。

人的痛苦往往來自於對外界的反應，但事件本身是中性的，真正導致我們感到痛苦的，是我們對這些事件所做出的解讀，以及隨著解讀而來的情緒。

身而為人，我覺得應該培養一種能力，一種「把自己的情緒從別人的言語與行為之中分解開來」的能力，這同時也是放過自己的能力，還是隨時都可以讓發生的事情過去的能力。

有了這樣的能力，就能在每一個當下斷絕惱人的感受，無論在何時何地都能回到氣定神閒的自己。

一個人在餐廳吃飯，你OK嗎？

只要能安於一個人的狀態，就會讓人感到內在的強大，同時也得到了完整的自由。

曾經有人辦過這樣一個活動：一群人在一個偌大的空間裡，各自守著一張桌子，各自沉默地用餐，時間定在晚上，沒有燈光，沒有燭火，整個活動內容就是一個人在黑暗中吃飯。

知道有這個活動時，我非常驚訝，一個人吃飯也能成為一種需要特別辦理的活動嗎？而且還要在黑暗中進行，這是為什麼呢？

「是不是覺得自己一個人吃飯是一件很尷尬的事情，所以才去除了所有的照明，免得讓別人看見自己臉上不自在的表情。」我的朋友如此猜測。

這樣的猜測不是沒道理的，因爲真的有很多人不習慣自己一個人在餐廳吃飯，這位朋友就是這樣，她說：

「別人都是成雙成對，或是家人相伴，只有我是孤單一人，那提醒了我的淒涼寂寞，會讓我覺得自己是這個社會的邊緣人，不管面對什麼食物，感覺都食不下嚥。」

另一個朋友則說：

「自己一個人在餐廳吃飯，我會覺得全餐廳的人都在看我，看我的形單影隻，看我的沒人陪沒人愛。」

其實這真的是多慮了，除非是知名影星，否則是很難引人注目的，更何況許多人甚至連同桌吃飯的人也不看，只看手機。

總之，一個人在餐廳吃飯看來真的是許多人共同的障礙，所以這個活動雖然是一個人吃飯，卻是一群人做著同樣的一件事，也許就是要告訴所有報名參加的人們：你不孤單。

但是在黑暗中吃飯，面前有什麼都看不見，只能盲目地把食物送進口中，那是什麼樣的滋味？一個人吃飯何必這麼心酸呢？

我喜歡與朋友一起用餐，有情同家人的朋友相聚吃飯會讓人覺得食物加倍美味。然而當自己一個人在餐廳吃飯的時候，我也很自在，從來不覺得那有什麼問題。

畢竟一個人吃飯就是獨處的一部分，可以享受獨處的人，也可以享受獨自用餐的樂趣。

網路上有一張「國際孤獨等級表」，從第一級到第十級分別是：

一個人逛超市

一個人在餐廳吃飯

一個人去咖啡廳

一個人看電影

一個人吃火鍋

一個人唱ＫＴＶ
一個人看海
一個人進遊樂園
一個人搬家
一個人到醫院動手術

以上從第一級到第五級都是我的日常，其他一個人看海、一個人搬家、一個人到醫院動手術，我也都有經驗。至於一個人唱ＫＴＶ、一個人進遊樂園，不是不敢，而是對ＫＴＶ和遊樂園本來就興趣缺缺。

這些一個人的狀態被列為孤獨等級，反映了一般人對於獨處的不安。一個人在餐廳吃飯被列為第二級孤獨，顯然是讓許多人會感到不自在的狀況。

但是，總是要有伴，總是要有人陪，無形當中受制於他人，無法感到自己一個人的安然，那是多麼不自由的狀況啊！

我的朋友安妮不僅曾經不能一個人在餐廳吃飯，也不能一個人旅行，不能一個人住，甚至不能一個人睡。她在結婚前和姊姊同寢，結婚後與丈夫同床。「身旁就是要有人相伴」對她來說是天經地義，她也拒絕自己一個人，所以丈夫到國外出差時，要不就是找朋友來家裡陪她，要不就是帶著她一起出國。

如此依賴別人的個性，對於與她最親近的人想必會造成許多困擾，所以後來她的婚姻出狀況的時候，朋友們也都不意外。那段期間她常常找我訴苦，而我能給她的建議就是學會獨處。

有一天我接到安妮的電話，她告訴我正在花蓮海邊散步，那是她第一次自己一個人旅行，也終於一個人到餐廳吃飯，甚至一個人外宿。她用非常激動的語氣喊著：

「我突破了！我做到了！我覺得現在的自己充滿力量！」

那一天是她五十歲的生日，而她送給自己的禮物就是開始接受獨處，也從此發現了一個和以前不一樣的自己。

目前安妮的婚姻依然持續，也依然充滿未知，但她已漸漸地不再害怕自己一個人，所以未來是否會面臨離異，她雖然還是不免憂心，但也沒那麼恐懼了。她變得比較放鬆，也讓她身旁的人比較輕鬆，這讓他們夫妻之間可以開始像朋友一樣的相處，無形之中許多原本緊繃的狀態就得到了緩解。

人生在世，本來就是一個人單獨來到這個世界，也會一個人單獨離開。如果一個人在餐廳吃飯這種日常小事都會覺得不自在，那麼人生裡大部分的時候也就太辛苦了，畢竟人與人之間的緣分都是有時效的，誰能陪誰到永遠以後？做什麼事情都無法一個人，必然會受制於他人，只是給自己製造各種難題罷了。

人生前期需要建立與他人的關係，但人生中途之後更需要的是建立與自己的關係，那是一生一世最重要的關係；無論做什麼事情，無論到什麼地方，只要能安於一個人的狀態，就會讓人感到內在的強大，同時也得到了完整的自由。

親愛的朋友，你呢？可以享受各種獨處的時光嗎？如果在前半生未能擁有這樣的自由，那麼現在就是把一個人的自在還給自己的時候。

別讓完美人設成為自己的人生陷阱

知道自己沒有那麼完美，也不必那麼完美，瞬間就放過了自己。

近日看了一部美劇《怒嗆人生》，第一集一開始出現的字幕就非常吸引我：

「鳥並非歌唱，而是痛苦尖叫。」

故事的發生，是一男一女兩個陌生人在一間大賣場的停車場裡，只因為一人對另一人按了一聲喇叭，就引發了一場驚險萬分的飛車追逐。熾盛的怒氣讓彼此都覺得嚥不下那口氣，於是在之後的日子裡明查暗訪找到對方的住處，進行了一連串的互相報復。如此這般被反覆引爆的怒火愈來愈高張，行徑也愈來愈誇張，最終兩敗俱傷，幾乎家破人亡。

不過是一聲喇叭，就連續衍生一次比一次更嚴重、直到最後終於無法挽回的災難，與其說這樣的結果是被對方的行徑所害，不如說是被自己的怒火拖入萬丈深淵。

這一男一女都是中年人，男的人生困頓，一無所有，事發當日其實是去賣場買炭準備回家自殺；女的正好是他的對照組，擁有成功的事業、可愛的女兒、愛她的丈夫、一幢舒適的房子，還有維護得滴水不漏的完美人設，然而她一點也不快樂，表面上始終帶著笑容，像是鳥兒在唱歌，實際上心裡充滿了莫名的憤怒，一直在尖叫。

一個是一無所有，一個是擁有一切，可是他們內心的千瘡百孔都是一樣的，也都面臨著屬於自己的中年危機。

這個女人讓我想起我所認識的一些朋友，表面上充滿了正能量，事實上一直處在崩潰的邊緣，那是中年人對很多事的不如己意與無能為力，卻又放不下別人看待自己的眼光，於是就藏起碎裂的內心，戴上完美人設的面具，然後再也拿不下來了。

我的某位男性友人一直是別人眼中的顧家好男人，事業有成，下班後從來不參加任何應酬活動，一定是直線回家；假日也絕對是家庭日，不曾缺席過兒子的棒球比賽和女兒的鋼琴發表會。而且他外表英挺，工作能力又強，不乏許多女性主動示好，他卻從來不曾有過任何出軌；甚至為了讓妻子放心，房子車子都登記在妻子名下。這樣的好男人哪裡找？他的妻子成為眾多女性羨慕的對象。

然而就是這樣一個簡直一百分的完美丈夫，有一天卻忽然拋妻棄子，一個人搬到外面去住，過起了自我放縱的生活，身旁也開始出現一些出雙入對的女伴，惹來不少閒言閒語，帶給他的妻兒不少傷害。這個朋友在業界是個知名人物，他的行徑引起眾多議論紛紛，但他從不解釋。

前些日子我和他在一個場合偶遇，深談之下，才明白這些年來他一直在壓抑自己，表面看似什麼都有，內心其實非常茫然疲倦，除了妻子對他的百般要求、工作造成的壓力，還有他對自己形象的維護，都讓他活得很不輕鬆，心裡彷彿有一道防水閘，一直勉強堵著滾滾洪水。

終於在那一天，為了一件他甚至都說不清楚的、微不足道的小事，他心裡的洪水終於堵不住，於是就像山洪暴發一般豁出去了。人人都說他變了，但他說現在才是真正的他，以前的他不過是戴著面具。

我不知道現在的他是不是真正的他，我只知道以前的他和現在的他是兩個極端的他，他是從一個極端變成了另一個極端，這樣的擺盪太劇烈了。如果先前他可以更誠實地聆聽自己內在的聲音，適度地洩洪，適度地釋放自我，別那麼壓抑，別那麼滴水不漏地維持外在形象，結果就不至於如此。

我看過一些這樣中年危機的實例，都是忽然之間就判若兩人，讓身旁的人都不敢置信，然而那些變化其實並非忽然而是逐日累積，只是被當事人壓在心底，別人以為他們一切都好，只有他們自己知道一切都不對勁，卻放不下自己外在的形象，放不下別人眼中的完美人設，直到有一天再也壓不下去，終於像炸彈一樣爆發，然後成為自己人生的恐怖分子，把曾有的一切炸燬。當下也許很痛快，日後卻很難不悔恨。

為小事抓狂是內心早已失衡的外在呈現，無法節制的情緒總是讓人陷入險境，若是一發不可收拾更是會付出難以想像的代價。所以西方人會定期看心理諮商師，傾吐心中塊壘，東方人一般來說沒有這樣的習慣，然而常常和知心朋友聊聊也有同樣的功效。

願意傾訴，願意放下自己那個虛幻的形象，表達真實的自我，這是一種善待自己的方式。

如果沒有知心朋友，或是那些千頭萬緒實在無法對人說出口，不妨試試書寫，把紙和筆當成樹洞，或是在臉書上設一個只限自己一人的私密社團，將所有難以告人的感覺傾注其中。

無論如何都要找到傾訴或是傾洩的方式，別讓那些感覺或是情緒因為沒有出口而在心中氾濫成災，淹沒自己的生活，甚至吞噬自己的人生。

但最重要的，還是要接受真實的自己。

知道自己沒有那麼完美，也不必那麼完美，瞬間就放過了自己。

自我形象都是虛幻的，期待別人怎麼看待自己，不過是自尋煩惱罷了。

我們好像一直都被自己的身分角色制約著，不由自主地扮演別人眼中的那個自己，但到頭來我們終將發現，如果沒有面對真實的自己，那些身分角色，那些所謂形象，其實都只是表面，一旦面臨意外，很可能不堪一擊。就像《怒嗆人生》裡的主角，只因為一聲喇叭就勾動內在的熊熊怒火，然後把一切燃燒殆盡。也像我的那位男性友人，拋棄過去的同時還一併拋妻棄子，傷害了別人，也傷害了自己。

正面不見得虛假，每個人都有這一面，但每個人也都有脆弱的另一面，都有沮喪、失落、憤怒、痛苦的時候，也都本能地想隱藏那一面，想要維持自己在別人眼中美好的形象；但是，**與其耗盡力氣去維持那個單薄的正面，不如坦然接受自己每一個當下的樣貌，知道那就是自己的一部分**，無需否認也無需排拒。

就像月亮一樣，每個人都有那個陰暗的背面。能夠對自己誠實，人生就會輕鬆很多。

對於完美人設的執念，是自己給自己挖的陷阱，願意承認自己的脆弱，願意接受不完美但真實的自己，才不會掉入自設的陷阱之中。

別那麼壓抑，別那麼依賴自己的面具，也許就能在某些關鍵時刻拆除情緒的炸彈，化解可能引爆的危機。

精神與物質平衡才有快樂人生

最好的人生是精神與物質、內心與外境的相輔相成。

我的朋友貝拉從年輕時就開始創業，經過多年努力，有了豐碩的成果，如今的她早已衣食無憂，不再需要像從前那樣為事業忙碌，有錢有閒，可以去做任何想做的事，於是貝拉開始寫作，而且寫的還是頗有難度的長篇小說。她每天以固定的時間創作，那種忘我與投入讓她感到精神上充實飽滿。她建立了一個部落格，每寫好一個章節就在網路上發表，一段時間下來也累積了一些忠實讀者，「這樣的成就感比接到百萬訂單還讓我開心啊！」她說。寫完這個長篇，貝拉打算去參加文學獎徵文比賽，若是沒有得獎就自費出版。

我認識很多像貝拉這樣的朋友，都是到了一定的年紀，事業有成，忽然對寫作產生興趣。或許不是忽然，而是寫作曾經是年少時代的夢想，但後來的人生必須面對現實而暫時擱置，如今不再需要爲生計打拚，可以從容圓夢。在經過了人生的起落與歲月的風霜，有許多話想說，有許多經驗想要分享，所以這時的寫作比起年少更多了幾分自我實現的完成，也更能築夢踏實。年輕時的他們曾經以為出書遙不可及，但時代一直在變化，現在的出版社也不再只有專業作家的作品產出，許多出版社為了多元經營，都有自費出版的部門，而對這些事業有成的素人寫作者而言，花一二十萬去出版一本書輕而易舉。

美國心理學家亞伯拉罕馬斯洛所說的人生五階段需求，最高就是自我實現；人有生理需求，例如食物衣服與睡眠、安全需求，例如一個可以遮擋風雨的庇護所、社會需求，例如親情友情與愛情、尊重需求，例如名聲與地位，在這些需求都被滿足之後，一個人的內在還有更高的自我價值必須去完成，而這些生活無憂的朋友在原來的專業領域中已游刃有餘，如今他們需要在另一個精神領域去實現自我。

不一定是寫作，也可能選擇其他形式，例如繪畫、攝影或其他藝術創作，總之是某種可以留下生命軌跡的作品紀錄，那是自我價值的證明與體現。

而我想，除了自我實現的需求之外，還有另外一個原因，讓這些朋友開始在創作的道路上前進，那就是為了平衡的緣故。

精神與物質必須平衡才有快樂的人生。如果在前半生，物質的砝碼已累積了足夠的重量，那麼在後半生更關注精神的重量是自然而然的。

反過來說，如果在前半生更專注於精神追求，那麼在後半生也會意識到物質的重要。

就像我的一些藝文界朋友，過去在文學與藝術的世界裡已實現了自我，現在卻發現理財其實也充滿樂趣！那樣一個由數字組成的新天地和文字或音符完全不同，但深入之後也是一個新世界的開啟，畢竟經濟趨勢總是連動著社會現況與世界局勢，在財富增加的同時也增加了許多新知識，何樂不為。

看起來是在人生中途之後發展一個新的面向，去探索一個新的自我，其實那都是自己原來的一部分，只是來到人生的成熟階段，得到了平衡。

最好的人生是精神與物質的相輔相成，如果在成就物質的同時也能成就精神，達成內心與外境的平衡，那是幸運的人生。

但對許多人來說，不同的人生階段會有不同的追求，就像貝拉是先物質後精神，或是我那些藝文界朋友則是先精神後物質，但這並不表示原來的追求不重要。

或者說，是以原來所累積的成績為後盾，再去發展另一個面向的追求。

而且，人生來到中途之後會發現，精神與物質的界線其實很模糊。

好比說，你想上陽明山看流星雨，而你必須有一部車才能在夜晚上山，觀星是精神層次，然而若是沒有物質層次的車子無法完成。

或是你想要畫一幅畫，但你需要畫布與顏料，前者是精神層次，後者是物質層次，前者若是沒有後者來支撐，也是枉然。

想聽一場音樂會，想看一場舞蹈表演，都需要門票。想走一趟西藏的岡仁波齊，或是到耶路撒冷去朝聖，也需要機票。精神生活和物質生活並不能二分。

精神與物質其實是人生的一體兩面，都是必要的生命資源，快樂的人生必然是這兩者都不缺乏，並且可以相互平衡。

若是物質多而精神少，是心靈的貧窮；若是精神多而物質少，是生活的貧窮；而無論是哪一種貧窮都是人生的困境，都會面臨一連串的問題。

所以人生來到這兩者可以平衡的階段是多麼美妙的一件事！精神與物質、內心與外境和諧一致，相輔相成，這是被歲月打磨過後的獎賞。

此生的生死之交

感謝是讓奇蹟發生的關鍵。真心的感謝比止痛藥更有效。

某日下午，我感覺胃部隱隱作痛，當下心中警鈴大響。啊啊啊！不可以啊！現在還只是開始，並不嚴重，若痛感繼續擴大，就會蔓延到前胸和後背，然後我就會被疼痛完全占據了。

在這方面我有深刻的經驗，因為我曾經有慣性的胃痛問題，雖然已經二十多年都不曾犯痛，但是身體是有記憶的，我知道真正痛起來是怎樣難受的感覺，而經驗告訴我，必須在那之前讓我的隱隱作痛消失，以免整個人被接下來的劇痛綁架。

我不想吃止痛藥，所以試著調息，用觀想的方式把一顆橘黃色的太陽透過眉心輪，通過中軸，再下移到我的胃裡去溫暖它。以前我就是用這種氣功老師教我的方式治癒自己的胃痛，但不知為什麼，或許是太久沒有使用，惜哉劍術疏，現在這個方法對我無效。

我躺在床上，回想自己吃了什麼不該吃的東西嗎？還是有什麼我不知道的壓力呢？胃是消化器官，也是情緒器官，不適當的食物和難以承受的情境都可能讓我的胃不舒服。但我應該沒有吃不該吃的東西，最近也沒有發生什麼特別的事情。然而胃不會無緣無故痛起來，會痛的胃一定是因為承受了什麼吧？只是我在意識層面輕忽了它而已。

真是對不起呀！我到底給了我的胃什麼不適當的食物？或是到底有什麼讓我的胃無法承受的壓力？我怎麼一點兒也想不起來呢？

痛感有加劇的趨勢，我不禁輕撫著胃部，由衷地說：「辛苦你了！」辛苦你了！一直陪著我。無論我怎麼對待你，你都如此忍辱負重。

我的心中漸漸湧起了感謝，我感謝我的胃默默幫我承受了那麼多，我感謝我的身體雖然微恙也依然在好好的運作，我甚至感謝這久違的胃痛，讓我又一次地頓悟，只要平安健康、無病無痛就是美好人生，其他都是奢求。

也是在這個當下，我忽然意識到，我常常感謝天，感謝地，感謝所有愛我的人和我愛的人，感謝一切美好的相遇與發生，甚至感謝我的貓，但是我卻常常忘了，我最應該感謝的其實是我的身體啊！

這個身體從出生開始就陪我在一起，也會陪我走到人生的最後，經過數十年的摧折考驗，我的身體始終把我當成她的唯一，而我竟然常常忘了感謝她的任勞任怨，她的辛苦付出。

我想做的事情，是因為有了這個身體才能去做；我想到達的地方，是因為有了這個身體才能到達；我能看、能聽、能感覺、能體驗萬事萬物，都是因為有了這個身體才能經歷與擁有。

然而我是怎麼對待自己的身體的？我有好好地照顧她嗎？

在健康的時候，一切似乎理所當然，但其實不是這樣的，身體是可能被過度使用而疲勞的，也可能因為我不夠愛惜而毀壞的。

我閉上眼睛，用心感受著自己的身體，也聆聽著我的身體想告訴我的訊息：

「好好吃東西，給自己需要的營養。」

「好好穿衣服，給自己舒暢的氣場。」

「該睡就睡，該躺平就躺平，給自己充足的修復。」

「保持愉快的心情，任何狀況下都不要自我為難；身心相連啊，如果心不舒服，身體也不會舒服。」

不要亂吃，不要隨便穿，該放鬆就放鬆，該放過自己的時候就放過自己。真的不要拿任何不值得耗費能量的人事物來消耗自己。健康第一，其他都是浮雲。

身體是靈魂的居所。我的身體平安快樂，我才會有平安快樂。

年輕的時候，對自己的身體總是充滿挑剔，為什麼小腿不夠纖細，為什麼手腕不夠柔美，為什麼就不能像某某名模那樣高䠷呢？

現在不再年輕了，才深深感受到**我的身體和我是真正的生死之交，是不離不棄的終生夥伴**。

不論是胖是瘦，是高是矮，不論是否芳華不再，窈窕不再，管他別人覺得好不好看，這都是我的身體！都是我要好好去愛、去接納、去照顧、去感謝的身體。

「對不起，請原諒，謝謝你，我愛你。」

我就這麼躺在床上，發自內心地感謝我的胃，和我身體的每一個部位。

然後我忽然發現，不知什麼時候，胃部那種疼痛感已經完全消失了。

從那個下午之後，我就不曾再有過胃痛。

我相信，感謝是讓奇蹟發生的關鍵。真心的感謝比止痛藥更有效。

我也相信，當身體出現一些病痛的時候，都是對自己的提醒：要好好愛自己，好好接納自己，好好照顧自己，也好好感謝自己。

現在每晚入睡前，我都會感謝我的身體，發自內心地對自己說：

「謝謝今天的照顧，明天也要一切安好喔。」

因為這份感謝與相信的信念，第二天早上醒來的時候，我都覺得自己平安健康，神清氣爽，一切真的很好。

開始健身後的4項改變

以前那種「纖瘦就是美」的觀念已經成為過去式，現在重視的是肌肉是否結實有力，體態是否勻稱平衡。

我向來是個靜態的人，連運動的方式都很靜態，不是一個人自己在家做瑜伽，就是和一兩個好朋友相約去深入山林踏青。

但也不知怎麼心血來潮，二〇二四年的第一天，我做的第一件事，就是去辦了一張健身房的會員卡，從此天天到健身房報到，而且樂此不疲，一天都不想缺席。

人生真的不可思議，過去那個靜態的我絕對不能相信，自己有一天竟然會如此熱愛健身房！

無論如何，開始永遠不嫌晚。或者說，是因為意識到再不開始可能就來不及了，所以我終於把健身納入日常。

健身有重訓和有氧兩大項目，至於健身的目的，那當然是為了健康。隨著年齡增加，身體更需要保養，而養成良好的運動習慣可以防止疾病與老化。

重訓提升基礎代謝率、增加骨質密度、促進骨骼強健、保護心血管、降低血壓、調節血糖、鍛鍊並增加肌肉、增強免疫力、減少中風風險，以及其他。

有氧除了以上的好處都有之外，還能去除多餘的脂肪，保持體態輕盈苗條。

而無論重訓還是有氧，都可以增加活力與生命力，提高身體的靈活度和平衡感，年紀愈大就愈明白這有多麼重要！能夠抬頭挺胸又輕快地走路，不必擔心跌倒，不必擔心骨折，才有彩色的人生。

每日運動還可以幫助睡眠，去除抑鬱，天天都精神奕奕，好處說不盡。

除了以上的優點之外，幾個月鍛鍊下來，我發現健身還帶來以下這些改變：

①思緒變得更清晰

我是個寫作的人，需要大量的腦力來進行創作。自從開始健身之後，我的思緒變得更清晰了。

醫學早已證實，運動確實可以使大腦受益，我們的大腦組織在三十歲以後就開始退化，但是有氧運動可以減緩這種損失，並且改善認知能力，增強記憶力，預防失智。

所以運動對於身心是全方位的更新，不止有益於身體，還有益於腦力。

②幸福感增加

很明顯的，運動真的會讓人心情變好，因為運動時會釋放腦內啡，那會增加我們的幸福感。

每次運動完，看著鏡中臉色紅潤的自己，我都會發自內心地微笑。此時總覺得整個人特別清暢，不需要任何理由就能感到純粹的愉悅。

③ 想吃對自己有益的食物

可能是天天重訓之後新陳代謝變好，所以胃口也變好了，而且很奇妙地只想吃天然的食物，包括蔬菜、魚類、鮮蛋、穀米、水果。

因為我是魚素者，所以菜單不包括海鮮之外的肉類，並以蔬果為主。蔬果都是天生地養，即使只是一顆橘子也包含了風霜雨露的浸潤、春夏秋冬的滋養，所以吃著這樣天然食物的時候，總覺得是與天空與土地的連結。而魚類和鮮蛋是來自海洋與大地的恩賜，也讓我充滿感謝。

由於只想吃天然食物，過去是麵食主義的我，小小一包米三年都吃不完，現在竟然每一餐都煮起了米飯，加上炒菜煎魚烹蛋，每一餐都吃得好開心。

想吃天然食物，彷彿是身體釋放的訊息，知道什麼對我是好的，什麼是應該遠離的。

於是自然而然地不想再吃加工食品了，以前喜歡的零食現在無感，而且總覺得有一股化學味。

從另一個角度來說，快走一個小時消耗三百大卡，但一包餅乾也許就超過這個數字，而且還沒有任何營養，只有熱量；這樣一比較，充滿奶油、糖霜與反式脂肪的餅乾就瞬間失去了吸引力。

④ 審美觀念的不同

以前那種「纖瘦就是美」的觀念已經成為過去式，現在重視的是肌肉是否結實有力，體態是否勻稱平衡。

真的，弱不禁風根本不好看啊！活力就是美麗，健康才是王道！

所以自從開始健身之後，我的體重不降反升，我卻並沒有沮喪驚慌，反而很高興地想，那一定是我的肌肉量增加了的緣故，因為肌肉的密度大於脂肪，所以雖然體重增加，體態卻反而比較結實苗條，我的 InBody 數據也證明確實如此。

就像女人懷孕以後總覺得滿街都是孕婦，自從開始健身，我才發現周圍在鍛鍊的朋友不少。

前些日子在一個國中同學的四人群組中，我熱情地推薦健身的種種好處，一個同學說她已經練了四年的肌肉訓練，另一個同學則是從更年輕的時候就開始了。四個人裡包括我有三個人都在健身，原來大家都為了健康而正在付出實際的行動呢！

以前上健身房是一種昂貴的嗜好，那時不僅要繳可觀的年費，還要繳一大筆入會費，而且選擇也很少，但現在的健身房價格親民，人人都負擔得起。

其實在二十幾歲的時候，我也辦過健身房的會員卡，但去了一次就沒再去，然後那家健身房竟然就破產倒閉了！如今想來，那真的是把一大堆錢丟進流水中啊！

當時僅去一次的原因，除了還沒能體會健身的樂趣之外，也是年輕女性對於自身不必要的敏感，總是意識到周圍的眼光，覺得不自在。

如今天天在健身房裡穿梭，卻發現根本沒有誰在看誰！健身房裡各種年齡層都有，有高中生模樣的人，也有頭髮花白的長者，而不論是什麼樣的性別、年紀和體型，每個人都是專注在自己的小宇宙中與自己的身體相處。

我非常喜歡這樣的「旁若無人」，這或許也是到了現在這個年齡，才能感受的自在吧。

學生時代最討厭的課除了數學以外就是體育課了，大學的體育甚至還重修，沒想到現在的我卻如此喜歡健身，所以習慣是可以養成的，人也是可以改變的。

看著自己愈來愈有肌肉，負重的磅數一直在增加，這真的很有成就感。自己有在為自己的健康盡心盡力，每天都在進步，這樣的回饋很實在，也總是讓我想起我喜愛的日本女星天海祐希的名言：

「男人會背叛妳，但肌肉不會。」真的太勵志了！

現在的我每天早上靜坐、讀經、閱讀與寫作，下午重訓和有氧，天天都過得很充實，身心靈全面開展，充滿能量，感覺愉悅清暢又昂揚。

我喜歡這樣的改變，這讓我覺得自己有在好好的生活，好好的運動，好好的補充營養，好好的照顧自己。所以我想，我會持之以恆下去，這樣不管到了什麼年紀，都能超越歲月的限制，活成自己想要的樣子。

照顧者需要先好好照顧自己

關注自己的需要並不自私，千萬別為了照顧別人把自己逼到極致。

與一個好一段時間沒有見面的朋友相約見面，一頓飯的時間她就生了不只三次氣，上菜不夠迅速、冷氣不夠強、隔壁桌說話聲音太大……其實都是一些小事，但是她氣得要店長來解釋，還差點跟隔壁桌的人吵起來。

朋友以前不是這樣子，以前的她是個溫和也溫暖的人，但現在的她這麼容易動怒，讓我覺得陌生，然而從另一個角度來看，她生氣的樣子卻又讓我覺得熟悉，因為和另一位朋友很像。

想到那位朋友，我心中一動，問她：

「令堂還好嗎？」

她愣了一下，接著就滔滔說起她的母親幾個月前忽然中風，而她成為主要照顧者的種種辛苦與心酸。

果然如我的猜想，和那位朋友一樣，這位朋友也是因為長期照顧高齡父母，身心俱疲，內心累積了太多焦躁，所以才這麼容易感到憤怒。

對於照顧者來說，那是日復一日的身心勞碌，面對著至親的老邁與病痛，無法代替，也無法緩解對方的不適，已盡心盡力卻仍然不斷地感到挫折，這種疲憊與無力感是會把一個人壓垮的，而反映出來的就是憤怒與焦躁的情緒。

所有的憤怒背後都是愛，是因為在意，因為關心，因為在無可抗拒的生老病死面前的無能為力，看到時間不斷地流逝，對生命產生了絕望與質疑。

照顧者的不容易在於與時間對抗，如果是短期的狀態或許並不難，但若是長期不斷地付出心力，不斷地勞碌奔波，終究會把所有的心力都耗盡。

為了微不足道的小事而焦慮生氣，那背後其實是很深的無力，也是一種求救的訊息，是在對周圍的人說：我真的很累了。

那種深刻的疲累與無望，如果沒有一個情緒發洩的出口，就像是一種持續的爛燒狀態，久而久之，可能會帶來失控與爆炸。

有時會看到一些因為長期照顧親人，最後殺死對方再自殺的案例，通常都是最用心最盡力的照顧者，因為掏空了自己，在一時過不去之下而做出的憾事。每回看到這樣的事件發生，只覺得哀傷不忍；那當然是錯，然而誰有資格責備他們呢？如果不曾真實體會過那是什麼樣的絕望與無力，怎麼能了解那是什麼樣的身心淩遲？

所以不要對長期照顧者說這樣的話：「別不知感恩了，能夠照顧父母是你的福報，要惜福啊！」這種話真的很殘忍，對方可能早已被種種疲憊不堪掏空了，如果連偶爾的情緒宣洩都不被允許，只是在原來就已經不堪負荷的身心再加上重量。

所以照顧者必須被支持，尋求外部支持，也找到方法自我支持。

還是要好好過好自己的生活，不能把全部的時間都用來照顧別人，就算那個別人是你最愛的至親也一樣。

健康的身心在於平衡，長期照顧別人、為別人而活，最後只會心力交瘁而已。如果自己都倒下了，連自己也照顧不了，要如何照顧別人呢？

所以不妨善用社會福利所提供的長照服務，或是聘請外籍看護，給自己喘息的時間和空間。

目前社會局所提供的長照服務做得很好，我獨居的母親就是被服務的對象之一，這些居服員都受過良好的訓練，很有經驗，也很有耐心與愛心，對老人家充分理解與尊重。

也需要家庭形成的支持網路，有家人共同一起分擔，肩上的重擔會減輕許多。

我與母親住在同一個社區，是母親的主要照顧者，在居服員、外籍看護與家人的協助之下，我可以維持著每天早晨獨處和靜心的時間，到山上去散步，看雲，看樹，看遼闊的天空，以及閱讀和寫作。也因為擁有這樣安靜與放鬆的時光，讓我可以在照顧母親的同時，保持心境的安寧與正常的生活運轉。

然而朋友說，自己的問題就在於無法放鬆，即使有人幫忙，但要出門與朋友喝下午茶都會有罪惡感，「母親在受苦，我卻在享樂，這樣讓我覺得好不安。」她說，出來吃這頓飯，她內心其實是很歉疚的。

我告訴她，許多醫學研究顯示，過度照顧他人所造成的壓力，會導致許多疾病的發生，包括癌症。**犧牲自己終究無法滋養任何人。**

就像飛機失事時必須先給自己戴上氧氣罩一樣，身為照顧者也需要先照顧好自己的身心健康，才有能力給予別人照顧。

照顧父母是長期的事情，是耐心與耐力的持續，如果自己的狀況不佳，是很難從容面對的。若是因為分身乏術而忽略了自身的需求，無論是體力上的消耗，或是心理上的壓力，都可能把自己拖垮。

一旦油盡燈枯，不但無法繼續照顧父母，最後也失去了自己的健康。

和「先愛自己，再去愛人」的道理一樣，照顧者也該先照顧自己，再去照顧別人，即使那個別人是自己最愛的至親，也是如此。

所以我對朋友說：

「親愛的，關注自己的需要並不自私，如果不正視自己的感受，不但自己將筋疲力盡，也無法再為所愛的人有任何付出，所以千萬別為了照顧別人把自己逼到極致。」

她默默聽著，輕輕點了點頭，紅了眼眶。

相信自己的自癒能力

身心相連，而心念主導一切，所以，要相信自己一定可以！這就是最好的治癒。

這一切是怎麼發生的呢？

那天我帶母親去冬山河畔散步，因為想讓年邁的母親少走些路，多看些風景，所以臨時起意去附近的店家租了一輛電動車。

可是怎麼開呢？在此之前，我從未坐過這種車。

店家說，會騎機車就會操作電動車啦。

但我依然遲疑，因為我也不會騎機車。

然而在店家一再保證很簡單之下，我還是坐上車，並且試著發動了。

結果很快就證明這對我來說果然是個沒有把握的冒險，在一陣手忙腳亂操作不當之下，才剛剛駛離店家不久，我就連人帶車撞上路邊的一扇鐵門，而且，全部的力量都撞擊在左手上。

發生的當下那種劇痛讓我覺得靈魂都瞬間出竅了，約莫有一到兩個小時，我痛得無法說話，但痛感漸漸過去之後，我查看自己每一個手指關節和腕關節，確定它們都能活動，而且沒有流血，甚至連一點點破皮都沒有，就非常慶幸。

太好了！那樣的撞擊力道，我竟然可以毫髮無傷，也沒骨折，真是奇蹟！

更慶幸的是當時母親還沒上車，否則不堪設想。

因為覺得沒事了，那天我還帶著母親到宜蘭市區去採買了一大堆的糕餅點心，提著重物走了一大段路，然後開車回臺北。

然而手掌漸漸腫了起來，第二天以後甚至腫得像一塊可口的蘋果麵包，第三天開始出現黃綠色的瘀青，看起來非常嚇人，但並不痛，所以我只做了簡單的冰敷。我想這些瘀腫過幾天就會消除，沒什麼好擔心。

第四天，我出門買東西，路過一間藥房，心想順便買個消炎藥吧。但藥劑師對著我瘀腫的手睜大了眼睛，說：

「這很嚴重啊！看起來不是擦藥就能解決的，妳應該去看醫生。」

出了藥房，欸，這麼巧，隔壁竟然就是一間骨科診所，這是天意嗎？那順便看看醫生吧，於是就掛號了。

照了X光，才知道第四和第五根指頭下的掌骨斷了好幾處，醫生給出了「粉碎性骨折」的診斷，然後我的左手就立刻被裹上了石膏和繃帶。

我訝異得一時無法言語，被裹上石膏的感覺就像忽然被扣上手銬一樣，這讓我太驚愕了。我還以為自己每一個指關節和腕關節都可以活動自如就一切安好呢，結果竟然是手掌骨折，而且還是粉碎性骨折！

「粉碎性骨折」聽起來好痛，但說真的，其實還好。是不是不知道就沒有疼痛的預設心理呢？說不定有關聯。

總之，在渾然不知自己骨折的那幾天，我還是照樣做所有的事情，包括採買提重物之類的家務，並沒有覺得疼痛，只是左手掌比較沒有力氣而已。

被迫過著單手人生之後，我發現單手做事其實不難，只要慢慢做，許多事情一隻手還是可以完成。也幸好傷的是左手，若是右手就難說了。

我的貓每天早晨都要吃貓罐罐，本來很煩惱，因為一隻手開不了罐頭，後來用可以撕開的貓咪餐包代替就解決了。

也可以洗碗，只是打破了很多杯盤而已。

但還是有些一隻手做不到的，例如擰毛巾、開瓶蓋、扣釦子、綁頭髮。

別小看這些小動作，在生活中其實都是困擾，例如無法把長髮綁起來，這真的苦了我，畢竟這正是歷史上最酷熱的夏天。

衣服也只能穿那種寬大的罩衫，還好我一個人住。

因為出門不便，這段期間一切的邀約都必須婉拒。

一舉一動也都必須很小心，如果再有什麼閃失或意外，那就糟了。偏偏我的愛貓常常會忽然飛撲到我的身上撒嬌示愛，考驗我隨機應變的能力。

戴著石膏其實不算太痛苦，這是很輕的材質，而且可以拆卸，每天我都會把石膏拆掉，簡單地活動一下我的手以防沾黏，那種感覺很像我的左手正在坐牢，而短暫的活動時間就是放封。

這段期間也曾經在好友的建議下，去看了另一位據說是骨科權威的醫師，聽聽第二說法。醫生看著X光片，表情凝重地說：

「這很嚴重啊！一定要開刀才行！不開刀的話，妳的手會變形，還會失去一部分功能。」

那位醫生一再強調，這千萬不能拖，必須盡快開刀，當下就得安排住院。

但我很抗拒，因為要全身麻醉加住院三天，這些都是風險，而且這還是疫情期間，更是險上加險；植入的鋼釘需要自費，昂貴不說，一段時間再取出時又要再開一次刀，前前後後也夠折騰了。

最主要的是，開刀有後遺症，還會留下一道疤痕。

我的手都受這樣的苦了，開刀不是另一種苦嗎？

因此我當下就決定，不！我不要開刀，而是要相信自己身體的自癒能力！

在所謂的權威面前，我抵住了壓力，並沒有懾於醫生沉下臉來十分不悅的那句「後果自負」，我帶著破釜沉舟的心情回家了。

人體是一個完整而精妙的小宇宙，開刀則是一種侵入式的破壞，除非萬不得已不要輕易挨那一刀，我是這麼想的。

很感謝那間天意般的骨科診所的醫師一開始就告訴我，好好的固定，好好的復健，可以不用開刀！幸好我碰到的第一位醫師是他，讓我知道開刀不是唯一的選擇。這位醫師以前是大醫院的骨科主任兼外科部長，除了醫術高明，也非常親切，而且很謙虛，是一位良醫。

我相信他，更重要的是，我相信自己的自癒能力。

「相信」是心靈能量，「感謝」也是，從此我每天對著我的手信心喊話。

我對我的左手說：

「謝謝，辛苦你了，你一定沒有問題的！骨頭一定會好好地生長。感謝你為我承受苦厄，擋掉了更大的災難。」

也對我的右手說：

「謝謝，這段期間多擔待了，要共體時艱噢。」

然後合十對雙手說：

「親愛的手，你已經受傷了一次，我不會再讓你受苦第二次！謝謝你為我做了那麼多，從今以後我會更保護你。我的人生不能沒有你，讓我們好好地繼續一起走下去。」

我相信感謝的能量，也相信信念的能量，我相信我的手一定會自然地痊癒。

我每天補充維他命B、C、D和鈣片，喝牛奶，喝魚湯，吃很多營養的食物，十點就睡了，然後五點左右醒來，在晨光下靜坐，並且時時保持愉悅的心情。

我並且給了自己一個在未來兌現的鼓勵：康復之後，我要到臺東池上的大坡池畔騎上七圈單車。

在裹了一個月的石膏之後，我的左手得到了自由，真的有一種出獄的快樂。這個復原的速度比預期快很多，我相信是我的「相信」發揮了作用。

然而骨頭完全癒合還需要一段時間，所以必須開始復健，在長骨的同時才能恢復筋骨的柔軟度。於是我遵照醫囑，每天早晚兩次接一盆溫水，一邊看書，一邊把左手浸在水裡進行反覆抓握的動作，感覺到水的溫柔，充滿了療癒的能量。

又過了一段時間，X光顯示我的手已經完全痊癒。沒有變形，功能也一切完好，又回到了發生災難之前的樣子。

在大坡池畔的涼風綠蔭之中，擺脫了石膏之後的世界一片晴朗，我握著單車的龍頭，感覺自己雙手的有力，深深覺得健康完好的身體比什麼都重要！

雖然我學醫的朋友都說，從未聽過粉碎性骨折不開刀的案例。但我想，現代人會不會太依賴醫療了？也許有些刀是可以不開的，在做那樣的決定之前，也許可以先相信自己的自癒能力。

無論如何，我對心靈能量又得到了一個具體的驗證：身心相連，而心念主導一切，所以，要相信自己一定可以！這就是最好的治癒。

輯三 懶得多管

有些事真的別多管

就算心裡明白自己是對的，也無須說服別人他是錯的。

一陣風吹起，撩亂了思緒，讓我想起年輕時的往事。

那時我是個太熱心的白羊座，對待朋友總是全力以赴，所以當我的某個女性朋友陷入愛情的苦惱，我就成了在三更半夜聆聽她訴說心事的專屬對象。

她愛上的那個人對她時好時壞，套用現在的術語，就是她被那個男人PUA了，更糟糕的是他還有暴力傾向，生氣時會砸爛手邊可以拿到的任何東西。我擔憂哪天他也會把她像摔杯子一樣摔到牆上，勸她趕快離開這段感情，然而她卻把我說的話都原封不動地告訴了他……於是有一天，我接到了那個男人的恐嚇電話。

我雖然害怕又生氣，但覺得把朋友從萬丈深淵中解救出來更重要，於是我更加用力地勸她趕快離開這段感情，可是她做不到，最後終於要我別再管她，甚至不再接我的電話。

所以我不但失去了一個朋友，而且還給自己製造了危險，之後很長的一段時間，我走路常常要回頭去看身後是否有人跟蹤，以防自己遭到不測。

但我受到教訓了嗎？並沒有。當我的另一個女性朋友又常常在三更半夜向我哭訴她的男友對她不好時，我十分為她擔心，因為她的男友也是我的朋友，所以我直接把他約了出來，勸他好好對待她。

然而我的舉動被扭曲了，這位女性朋友不僅對我的好意不領情，反而對我另外一個朋友說我在破壞她的愛情，不知是什麼居心？

這次我終於清醒了，是我的錯！我不該對別人的感情太過熱心，雖然我以為自己是愛護朋友，結果卻是自己被捲入其中，最後朋友都做不成。

我也終於明白，那些三更半夜的傾訴並不是為了得到我的建議，她們不過是需要一個垃圾桶，可以傾倒當下痛苦的情緒，至於垃圾桶怎麼想，根本一點兒都不重要！愛情的引力絕對勝過朋友的規勸，兩情繾綣時什麼話都會說，包括朋友熱心勸離的那些話，可能還伴隨著「她怎麼可以那樣說？她一點兒也不懂你」之類的輸誠；陷入愛情的人只有自己可以抱怨自己的愛人，一旦別人反對自己的愛情，那就是別人的白目了。

總之，過度熱心的我，就是那個白目的別人。

從此以後，每當又有朋友來向我傾訴感情煩惱時，我只是默默地聆聽，再也不會跟著投入其中表達意見。

別人的感情有他們聚散的因緣，有他們的痛苦和甜蜜，也有他們自己的業力，我們無法看到全局。那些未曾說出口的真相，埋藏在心底的複雜情感，以及連他們自己都看不清也說不明白的種種，都是我們無法理解的。

如果站在自己有限的視角去判斷並給予建議，雖然是出於善意，卻是盲目的，甚至是危險的，因為對別人不見得有任何幫助，反而是在無形之中介入他人的因果，還可能因為無法預見的後果，讓自己也捲入一場麻煩之中。

說得直白一點，那是別人的事，就別去蹚這個渾水了。

我們無法對別人的人生負責，所以不要去指點他人江山，反過來說，我們也無須接受別人來干涉自己的人生。

你或許也認識這樣的人，總是熱心地想給你建議，從你的髮型、你的鞋子到你的人生態度，他都有話要說。他覺得都是為你好，如果你沒有按照他的建議去修正去執行，他還會責備你不知進取。

我曾經認識這樣的人，之所以是過去式的「曾經」，就是因為這樣的友情真的很難持續下去。

好為人師是一種病，是一種不自覺的傲慢，是站在一個高高在上的位置指導別人，往往並非真正對別人有益，只是滿足了自己的優越感與自我重要感，而且有此病症的人缺乏病識感，總是很難自我覺察。

朋友相交，各抒己見，表達自己的想法是必要的交流，但真的不必指導別人要依照自己的意見行事。

沒有經過別人的允許而以強勢的姿態拋出的建議，都是對別人自主性的否定，甚至是一種侵犯。可怕的是，好為人師的人還以為這是一番好意。

如果不想成為這樣的人，那麼就要很有意識地提醒自己，別犯了相同的毛病，別以「你應該……」的命令語氣給別人建議，那很可能是把別人根本不需要的東西硬塞過去，別人收不下去，結果只是堆積成兩人之間的障礙罷了。

基於從前的教訓，以及年歲的增長，對於周圍發生的一切，我早已學會靜觀，再也不會任意下任何判斷。

雖然保持沉默是一種必要，然而當朋友以真心尋求我的意見時，我也很樂於給予我能給予的建議，但前提是對方有明確地表示想聽聽我的看法，否則就不要輕易越界。

其實傾訴就是一種整理，許多時候，對方需要的只是一個可以聽他說話的人，幫助他在傾訴的過程裡整理自己的思緒，所以**與其貿然地提出建議，更該做的是支持、陪伴與聆聽，然後讓對方去整理出自己了悟的答案。**

每個人都有自己的困惑與領悟，每個人也都有自己的人生功課。尊重別人做別人，也尊重別人所經驗的喜怒哀樂，那是心靈成長的道路，即使其中包含著痛苦，那也是靈魂進化所需要經歷的一部分。

因此就算心裡明白自己是對的，也無須說服別人他是錯的。可以適度地提醒對方，但不必強迫輸出自己的觀念，更無須要別人聽從，畢竟那是別人的人生。

所以保持人與人之間的界限，與其多言，不如少管，我想，這是對別人的尊重，也是對自己的明哲保身。

為自己的人生買單

可以不依靠任何人而好好生活，才能以挺直的姿態站立在這個世界上。

曾經有一位女性朋友這麼跟我說：

「約會的時候當然要男人付帳，因為能和我一起吃飯看電影是他的榮幸。」

也曾經有另一位女性朋友這麼跟我說：

「和我交往難道不應該付我一些生活費嗎？男人總要負起一些責任吧！」

這兩位女性朋友都受過高等教育，卻還有這種舊時代的觀念，不禁讓我深感驚訝。

因此我想，要做一個獨立自主的女人，除了教育之外，更重要的還是個人的自覺意識吧。

現代女性要活得好，是四個面向的獨立：經濟獨立、生活獨立、情感獨立、思想獨立。

其中經濟獨立是一切獨立的基礎。如果沒有經濟獨立，要依靠別人的金援才能過活，那麼在生活、情感和思想上，恐怕也就獨立不起來了。

但是還有另一位女性朋友卻不以為然，她覺得女性何必獨立自主把自己弄得那麼累呢？對她來說，女人最重要的是找到一個好男人，可以提供經濟價值，可以提供情感價值，可以提供她的一切生活所需，這樣多輕鬆！男人是大樹，女人是樹下的小花，有大樹為自己遮風擋雨，有男人賺錢給自己花，自己只要美美的就好，這才是幸福人生。她認為金錢的付出就是男人愛的證明，一個男人在金錢上付出愈多，表示他愈愛妳。所以她非常樂於接收男人提供的金錢與送給她的各種禮物，包括房子與珠寶，對她而言，那些都是具體的愛。

後來這段感情不歡而散之後，她收到一張長長的清單，上面列了一大串那個男人要求她歸還他曾經付出的金錢與送她的禮物。兩人因此對簿公堂，訴訟曠日廢時，結局兩敗俱傷，非常難堪。

情感關係如果牽涉到金錢，就會變得複雜起來，兩情相悅的時候可能沒什麼問題，一旦面臨分手，往往就無法結束得乾淨俐落。所以最保險的做法，就是不要把感情和金錢混為一談，即使是在熱戀之中也該有經濟獨立的意識。

別人去賺錢給自己花用就好，這樣的依存關係必然會形成附屬與依賴，當兩人關係好的時候還好，但是當關係不好，或是別人不在的時候，那要怎麼辦呢？大樹倒了，樹上的鳥巢就傾覆了，樹下的小花也被壓垮了。

舊式的女性形容結婚是「給自己找一張長期飯票」，那背後的邏輯是一種交易，用自己的一生去交換一張飯票雖然不堪，但那確實是舊時代女性的處境。那時的離婚率很低，不是因為那時的人妻過得比較幸福，而是因為那時的女人很難經濟獨立，所以也不敢離婚。

如今早就不是那樣的舊時代了，現在的女性來到歷史上最好的時候，最自由的時候，最能夠展現能力的時候，最能夠為自己的生命做主負責的時候，如果還保留著舊時代的觀念，未免也太令人惋惜。

要別人為自己付帳，也就是要別人為自己的人生負責。但誰能為你的人生買單呢？

經濟獨立是一個人獨立的開始，對現代女性來說尤其如此。

我有個女性朋友陷落在一段痛苦的關係裡卻不敢離開，因為她的經濟仰賴對方，所以面對對方的種種行徑，她只能忍氣吞聲。不只是她自己被這段關係虐待，還有她與前夫所生的兩個孩子也活在暴力之中。

其實現狀是可以改變的，工作並沒有她想像的那麼難找，只是她自己不願跨出那第一步。她依賴慣了，也貪戀對方提供給她的優渥生活，所以儘管現狀是如此讓她膽戰心驚，她還是不想改變。

想要獨立，得要先有那個獨立的意願，如果沒有這樣的意願，那麼很容易就會成為別人的附屬應用程式，失去了自我的主體性。

從物質世界來看，金錢是一個人的底氣，從精神世界來看，金錢是可以運用的能量。經濟獨立意味著可以放心地依靠自己，可以不必求人，那是個人的後盾，當有一天必須改變的時候，也不必懼怕意外的來臨。

從占星學來看，月亮是我們的內心世界，掌管了金錢，也掌管了安全感，所以金錢與個人的安全感有關。能自由地運用金錢，不但能讓一個人感覺安心，還能讓一個人從內在生出自信。

換句話說，金錢的意義不只是可以換取生活所需這樣表面的交易而已，它與個人深層的自我意識和自我價值都有直接的關係。

據我的觀察，過了人生中途之後，我身旁真正有自信的朋友，無論男性女性，都是經濟獨立之人，而且也都達到了某種程度的財富自由。想要什麼都能為自己買單，這是一種篤定與從容，也是在向世界發出這樣的宣告：

我獨立自主，我享受人生，我為自己的生命負責。

自己的帳自己付，這是經濟獨立的證明。可以不依靠任何人而好好生活，可以霸氣地為自己的人生買單，也才能以挺直的姿態站立在這個世界上。這是多麼重要的事啊！

能夠不彎腰地站著，能夠來去自如，能夠想要什麼都無需經過他人同意，能夠從自己的錢包裡拿出錢來交換想要的生活，這樣的人生才會快樂，也才有自由。

結束才能開始

有勇氣結束一段已經沒有滋養的關係，為自己披荊斬棘開創出新的道路，這是一個成熟女性才有的魄力。

我的朋友艾瑪婚前是個公認的才女，她寫了一手好文章，彈了一手好琴，能作詞作曲，能自彈自唱，歌聲清揚動聽。而且艾瑪還是個美女，才氣加上美麗使她自帶光芒，在人群中特別耀眼。

然而當艾瑪與某男結婚之後，她的光芒就慢慢熄滅了。

雖說某男當初也是因為艾瑪的耀眼而展開熱烈的追求，但是結婚以後，她的才情對他來說都漸漸不重要了。他覺得一個女人與其寫了一手好文章，不如燒得一手好菜，與其會彈琴，不如會記帳。然而家事和理財都不是艾瑪的強項，就算她願意努力，某男也始終不滿意。

多年婚姻下來，某男的事業愈來愈成功，對自己的妻子也愈來愈挑剔，言語之中總是充滿了不屑與鄙夷，他覺得自己賺了這麼多錢，妻子對他應該全然的崇拜與臣服，並且為他提供最好的服務，但艾瑪不是做小伏低的女人，於是他會刻意在言語之間貶抑她，用這樣的方式叫她搞清楚，這個家裡是誰做主。

總之，某男娶了艾瑪，卻希望她成爲另一個女人，一個他心目中的賢內助，不需要有自己的想法，一切以他為中心就好。然而矛盾的是，他卻又瞧不起沒有工作的太太，他覺得沒有賺錢就沒有話語權，也並不感謝妻子是為了親自照顧孩子才決定離開職場。

他不曾看見真正的她，也不珍視她的特質，他在乎的不是艾瑪這個人，而是她可以提供給他的功能。

「他要的是我成為他心目中理想的某太太，那是他自己也沒弄明白的標準，但我應該成為的是我自己。」多年後，艾瑪回想起當年自己的處境，不禁長長吁了一口氣。

艾瑪早就想離開這段婚姻，但因為婚後連續生了兩個女兒，為了照顧女兒們，她沒有太多的心思去顧及其他。直到兩個女兒都上了小學，她覺得是時候了，終於提出離婚。

有人勸她，為了孩子應該忍耐，別讓女兒們生活在破碎的家庭，留下不可磨滅的創傷。而她說，離婚是為了自己，但也是為了孩子。

「女兒是仰望媽媽長大的，所以我要給她們什麼樣的典範？是一個處處被貶低卻依然不敢離開的女人？還是一個願意為自己勇敢而展現能量的母親？」

她在對前夫提出離婚之前，先與兩個女兒談過，告訴她們自己所做的決定，也聆聽了她們的想法。兩個才國小的孩子都對媽媽表示了支持。

「我只希望有個快樂的媽媽。」兩個女兒上前擁抱她的時候，大女兒對她這麼說。孩子其實什麼都懂。

離婚的過程冗長而艱辛，一來艾瑪要對抗前夫的怒意與敵意，二來要重新建立自己生活的獨立，從心靈到現實都是一場漫長的硬仗。但艾瑪心意已決，無論如何都不要辜負了自己。

離開職場多年，二度就業並不容易，艾瑪放下所有的身段，從大賣場的售貨員做起，因為表現認真，漸漸進入管理階層，也算苦盡甘來。

如今回想那段過程，艾瑪說一切就算再怎麼辛苦，也不如在婚姻中處處被貶抑的痛苦。而她終究是走過來了。

許多人陷落在婚姻的煎熬裡，因為孩子的緣故而無法離開，但是艾瑪有不一樣的想法，與其讓孩子們看見一個反覆煎熬、抑鬱成疾的母親，她更想要的是給女兒們一個快樂獨立的自己。

事實也證明她做了正確的選擇，現在艾瑪擁有自己喜歡的生活，與兩個女兒的關係也很親密。

女兒真的是仰望著母親長大的，艾瑪的兩個女兒都從艾瑪身上學到了為自己勇敢的獨立精神。她們目前正在談戀愛的年齡，遇到不合理不尊重的對待都不會隱忍壓抑，也都不會因為愛了對方而不愛自己；她們知道自己的價值不是來自別人的肯定，不需要在任何關係中做小伏低，她們有真正的自信。

母親是女兒的示範，正如艾瑪說的，離開那段充滿傷害的婚姻關係不僅是為了自己，也是為了孩子。

前些日子我遇到與艾瑪共同的友人，對方很多年沒有見到艾瑪，向我打聽她的現況。

「聽說她婚姻失敗了，是嗎？」對方語氣不加修飾地這麼問。

我搖搖頭，不能同意這樣的形容。

「那不是失敗，而是她的成功，是為自己的勇敢。」

真的不要用婚姻失敗去定義一個女人！結束一段婚姻不過是結束一個百味雜陳的經驗，是為自己創造另一段全新的人生，這個過程充滿勇氣，也是能量的展現，哪來的失敗可言？

有勇氣結束一段已經沒有滋養的關係，為自己披荊斬棘開創出新的道路，這是一個成熟女性才有的魄力。

祝福艾瑪，也祝福所有和艾瑪一樣願意為自己勇敢的女人，都能走出屬於自己的人生道路。

穿上自己喜歡的衣裳

改變命運最快的方式就是穿上一身自己覺得美麗的衣裳。

年輕的時候，我嚮往著自由和遠方，總是穿著一身波希米亞風的衣裙，脖子上掛著長長的項鍊，手腕還要戴上好幾串各式各樣的手環，再加上一頭及腰的長髮，走在風裡的時候，衣袂飄飄，長髮也飄飄，讓我感覺自己身心飛揚，隨時都可以揮揮衣袖離去，不帶走一片雲彩。

當時的自己覺得那樣好輕盈好浪漫，如今回想起來，卻覺得一身披披掛掛，徒增身上的負擔而已。

現在的我不會再那樣穿了，那或許適合那時的我，卻不再適合現在的自己。

人會變，穿衣的風格與品味也會變。

衣服是一個人外在呈現的自我，展現了個人的審美。人生的不同階段，對衣服的選擇與喜好也不同。

每個人都帶著自己隱形的伸展臺，穿衣風格就是個人內心世界的顯現。**如何穿衣，不但是內在狀態的外在表達，也是我們想要成為的樣子。**

衣服與氣場息息相關，所以穿質感好的衣服可以增加自己的氣場，不同的顏色則可以提升不同的能量。例如紅色能讓自己精神昂揚，激發活力和勇氣；藍色能沉澱心靈，讓人感覺寧靜，情緒穩定；綠色帶來平衡與和諧；黃色充滿朝氣……穿上不同顏色的衣服，自己的內在感覺也會不一樣。

萬事萬物都是能量，衣服當然也是，穿上自己喜歡的衣裳，就是給自己正向的能量。

所以當我心情欠佳的時候，會穿上當下覺得最好看的衣服，這樣能平撫我的沮喪，讓我漸漸開心起來。

心情好了，一切也就會漸漸好起來。這是屢試不爽的玄學。

改變命運最快的方式就是穿上一身自己覺得美麗的衣裳，讓自己覺得賞心悅目，那會當下改變個人的自我感覺，增加對自己的信心，覺得自己走在人生伸展臺上氣場全開。

總之穿衣是取悅自己最快的辦法。穿上自己喜歡的衣服，質感舒服的衣服，讓自己感到心曠神怡，這是善待自己的方式。

因此不要把漂亮的衣服放在衣櫃裡捨不得穿。衣服不是掛著欣賞的，只有穿上身的時候才有真正的價值，只有在與你連結的時候才能成為你整個氣場的一部分。

衣服的價格不等於價值，名牌也不等於氣質，畢竟是人穿衣服，而不是衣服穿人，穿出屬於自己的風格，勝過對於流行的追求。

是不是名牌無所謂，知道自己適合什麼衣服才重要。

我並不崇尚名牌，但也並不排斥，重點不在於衣服的廠牌，而在於那些衣服是否適合自己。我注重質感與剪裁，除了布面本身的花紋之外，我不想要任何圖案，因為我覺得一件質感好的衣服本身就已經完整，若有了圖案總讓我感到多餘。

還有，顏色太多會造成視覺上的混亂，所以我的身上不會超過三種色系，這樣才會讓我感覺整體和諧。

衣服只要連著兩年沒有上身，就一輩子不可能再穿了，而斷捨離這些舊衣是一種必須。

一件衣服總是連結著一個回憶、一段相遇，或是人生中的一截時光，讓人在清理衣櫥的時候也總是無法輕易丟棄；但斷捨離是一種必要的人生練習，清理衣櫥就是清理人生，告別不會再穿的衣服也就是告別那些過去。

如果沒有常常做這些斷捨離的練習，衣櫥就會變成能量不流動的廢物屯積場，人生也不會清爽自由。

我的忘性向來比記性好，這使得我在進行斷捨離的時候沒有太多的感傷，也不會有太多的心理負擔，對我來說，**過去就是過去了，那些往事皆如幻夢一場，唯一的真實永遠是當下**，所以只要留下現在的自己喜歡的衣服就好。

時間總是在流逝的，心靈總是會成長的，以前覺得好美的衣服，現在不再那麼覺得，以前穿著好看的，現在也不再適合自己了，人生本來就是不斷改變的，對於衣服的喜好當然也是如此。

年輕的時候不穿白衣服，並不是不喜歡白色，而是擔心可能會沾上髒汙，總覺得再怎麼微小的汙點在白色上都會變得很巨大，我擔心若是穿著那樣的衣服，別人只會看見我身上的汙點，於是我就成為那個汙點。年輕的我有著精神潔癖，不能容許那樣的事發生。

極度纖細敏感，而且總是太在意他人的眼光，於是白衣就成為壓力的象徵。

如今早已明白，這是虛幻的完美主義在作祟，那樣的壓力其實都是自己給自己的，根本沒有人會用審視的眼神打量你；白衣若是不小心沾上了汙痕，也只有自己會介意。

從前擁有大量的項鍊手環，然而它們雖然取悅了我，但如果出門的時候少了那些披披掛掛，我就覺得沒有安全感。於是，隨著年歲漸長，我也漸漸發現，自己所營造的浪漫輕盈，反而成為一種矛盾的負擔。

如果依賴什麼，那個什麼就會成為對自己的限制。當我放下了那些繁複的配件，不再需要它們時，我覺得自己的人生也得到了某種跨越。

如今我不但不再披戴那些手環項鍊，也愈來愈喜歡簡單清爽、質感舒服的衣服，這很符合現階段的心靈狀態。

這些年因為實行斷捨離的緣故，現在我的衣櫥裡幾乎只有白與黑，上面一排白色的上衣，下面一排黑色的裙褲，要出門的時候，上面取一件，下面取一件，不必做任何選擇，全部都可以任意搭配，這節省了太多在穿衣鏡前比劃來比劃去的時間，我喜歡這樣的俐落。時間的節省也是一種斷捨離，捨去了那些猶豫不決，也就少了很多無謂的煩惱。

現在的我不再嚮往自由和遠方，因為我已經有了無處不在的自在，我喜歡這樣的自己，也喜歡自己簡單清爽的樣子。

去除無謂社交是最好的養生

真正的快樂來自於內心的平靜，而不是外界的喧囂。

我的作家朋友E住在城市邊緣，過著一個人讀書寫作的生活，平日深居簡出，謝絕一切應酬，而且沒有使用任何社交軟體，所以要與他聯絡只能用E-mail。每年我們總會在某個文學獎的評審會上見面，之後會一起去散散步，喝喝咖啡；而我總有一種時光靜止的感覺，因為他一直都是那樣，溫文儒雅，神采奕奕，維持著一貫的體態樣貌，時間不曾在他的身上留下痕跡，年過五十依然沒有一絲白髮，眼神也依然明亮。

一年就見他一次，無論我周圍的人事物如何變化，他卻年復一年始終如故。

上個月我們又在某文學獎的評審會後一起散步聊天，交換彼此的近況。我問他怎麼保養的？為什麼看起來總是維持在最佳狀態？他笑了笑，說：

「妳明白的，去除無謂社交就是最好的養生。」

我懂，去除無謂社交就少了很多不必要的壓力，內心自在安適，外表自然就會年輕。

無謂社交，就是那些浮泛的人情酬酢，那些言不及義的表面寒暄，那些沒有必要的人情往來。

去除了無謂社交，才能隨時與內心連線。而規律的生活加上不被打擾的心靈，正是我的朋友保持年輕的秘訣。

你也有這樣的經驗嗎？參加一場不怎麼想去的聚會，處在一堆不怎麼熟識的人群之間，面對那些勉強的寒暄，卻一直在想著用什麼樣的藉口離開。

那些流於表面的社交活動總是讓人筋疲力盡，每次聚會結束，都感覺自己像被榨乾的柳橙，只覺得乾涸空虛。

時間是最珍貴的資產，不該浪費在無謂的社交上。與其把能量消耗在不相干的別人身上，不如把能量收回，留給自己。

也可以這麼說，社交是一個消耗能量的過程，而去除無謂社交則是給心靈充電。

就像手機需要充電一樣，我們的精神也需要時間來恢復。如果總是處在頻繁的社交互動中，心靈無法得到真正的休息，疲憊感也會悄然而至。

經常應付人際關係，身體會釋放出更多的壓力荷爾蒙，長期積累會導致免疫力下降，引發一連串健康問題，例如失眠、焦慮和消化不良。

減少社交活動，則會有更多時間專注於自己真正想做的事，讓自己更快樂也更放鬆。

不必參加那個週末的派對，也不必回應每一條社交軟體的訊息，取而代之的是一本喜歡的書、一杯暖心的茶，或是一場冥想。這樣的片刻寧靜，對個人的身心健康來說都是一種必須。

減少無謂社交，或許可以從少上社交網站開始做起，套一句E說的話：「我為什麼要知道別人晚餐吃什麼呢？」真的，與其滑手機接收那些毫無意義的訊息，不如閱讀真正有價值的書籍，把時間與空間都還給自己。

社交媒體上的過度曝光和比較心理，常常讓人陷入不必要的焦慮和壓力中，從其中抽身而出，才能重新掌控自己的心神和精力。這意味著無須再對每一個情緒波動負責，不必在意別人是否對你冷淡，也不必在意自己是否對別人給出了足夠的讚美。

當不再被那些不斷更新的訊息干擾，思緒會變得清晰，情緒也就不再那麼浮躁。

養生不僅是保養身體，更是保護內心的那份平靜與自由。去除無謂社交，才能去除外界的雜訊，傾聽自己內心的聲音。

去除無謂社交並不是斷絕所有的人際關係，而是學會選擇性地與外界接觸。這樣可以專注於真正有意義的關係，並遠離那些消耗能量的虛假聯繫。

同時，這還是一種自我探索的過程。當不再時時刻刻關注別人的目光，內心的自由感將油然而生，也會擁有更多的寧靜與自在。

真正的快樂來自於內心的平靜，而不是外界的喧囂。

最重要的聯繫也不是與任何人的聯繫，而是與自己的聯繫。

在人際關係中浮沉常常令人心累，與其為了維持虛幻的人脈而讓自己疲憊不堪，不如擁有幾個真心來往的朋友就好。

我和E都明白，泛泛之交不會給我們帶來快樂，只有那些真正的朋友，才能讓我們的生活更有意義。

所以，與其擁有三千個社交平臺上的帳號，不如擁有一個像E這樣可以一起散步談心的朋友。於是這樣的一年一見，也就特別令人珍惜。

善待自己的5個拒絕

可以坦率地拒絕種種不要，就是拒絕自尋煩惱，內心也會漸漸變得強大。

人到中年，經過那麼多的酸甜苦辣，更能明白善待自己的必要；而要善待自己，就得學會拒絕。

那些看似決絕的「不」，不但是對自己的愛護與尊重，也是自我與他人之間的必要界線。

看看我身旁的一些朋友，或許也包括從前的我自己，為了維持表面的和諧，即使受了委屈也隱忍不發，結果是自己的內在四分五裂，若是更過度一些，身體健康也可能因此出了問題。

忍耐真的是美德嗎？過度在意他人的感受，卻壓抑了自我真正的感覺，這樣真的值得嗎？

想做一個人人都喜歡的人，反而無法真心喜歡自己。

而且，想得到每個人的喜歡，這本身就是不可能的任務。

事實上是，如果沒有自我尊重，也不會得到別人的尊重。

善待自己是一門深奧而又樸素的功課，而我想，這門功課最重要的一部分，就是學會以下這些拒絕：

①拒絕受苦

不要把任何人放在自己之前

把別人看得比自己更重要，這樣的關係必然帶來痛苦。這樣的心態看似無私，其實卻是暗藏著深深的不安和自我忽視。當你一心一意地將另一個人放在第一優先，時時刻刻都以他的需求為重，你以為這是愛的表現，卻忽略了自己的情感需求和內在價值。

那個別人，可能是情人，可能是配偶，也可能是孩子。他們在你的生命中占據了最重要的位置，你總是擔心自己做得不夠好，總覺得需要更多的付出來換取他們的幸福。這樣的執念是一種沉重的負擔，掩蓋了對自我清明的覺察，漸漸讓人迷失自我。

在這樣的付出中隱隱存在著一種期待，你期待對方正面的回應，期待他們能夠感謝你的愛，期待他們也把你放在同樣重要的位置；當對方的回應未能如你所願，甚至對你的付出不以為意時，你便感到失落與怨懟。這些受挫的情緒終將變成痛苦的根源，讓你不斷懷疑自己，覺得自己的付出毫無價值。

所以，要拒絕受苦！

真正的愛並不是將自己放在其次的位置，而是懂得平衡彼此之間的關係。唯有先尊重自己的感受，才能真正去愛他人，無論那個人是誰。

不再為愛受苦之後，才會發現愛可以是一種放鬆，不必那麼沉重。也只有放鬆才能帶來流動，讓彼此都覺得愉快，也讓愛有迴旋的空間。

②拒絕內耗

不要無止境地自我懷疑

有自省能力是好的，但過度自省就成了內耗。

我這樣做對嗎？我那樣說好嗎？我做出了正確的決定嗎？我的表現是不是可以讓別人滿意？

總是在心中自我對話，to be or not to be，反反覆覆猶豫不決，這種對自己的不確定感非常磨人，也會在不知不覺之間消耗了內在的能量。

這樣的內耗往往來自於過度的自我批評、無止境的自我懷疑，或是對未來的不安。

年輕時，我們總覺得需要努力讓自己變得更好，於是不斷地內省，不斷地自我檢視。但是，當來到人生中途，我們會漸漸意識到，這種反覆的自我對話一旦過度，就成了一種自我爭戰，不會帶來實質的幫助，反而讓我們裹足不前。

容易自我內耗的人，也容易因為別人的一個眼神或一句話語而不安，於是生活中處處都是地雷，隨時都可能炸傷自己。

拒絕內耗，這意味著我們接受事情就是那樣變化，也接受自己就是這樣如實地呈現。我們不再追求完美，並且理解錯誤與失敗都是人生的一部分。

外在永遠沒有完美，可以追求的是內在的完整。當我們停止無謂的自我拉扯，停止種種內耗，可以平靜地面對一切缺憾時，內核也就會漸漸穩定，而這將是內在圓滿的開始。

③ 拒絕委曲求全

不要為了迎合他人而忽略自己真正的需求

委屈自己，遷就他人，能求來什麼全呢？求來的不過是自己心裡的缺吧！委屈從來都無法求全，有時甚至助長了對方的得寸進尺，這不但沒有善待自己，反而是默許別人可以用不公平的方式對待我們。

我也曾經以為退讓是一種成全，所以自己委屈一些沒關係，可是當自己沒有守住某種原則或是某個底線，結果就是在之後的互動中失去更多，因為別人會覺得理當如此，既然是你自願，那麼也就你應該。

所以除非可以完全心甘情願，否則不要測試人性。

當內心的真實感受被一再地壓抑，當一次又一次為了迎合他人而忽略自己的需求，我們就會感到空虛與疲憊。

人生過半之後，我們也終於明白，以自我委屈換來的和諧是表面的假和諧，代價是自己心底的破裂與損傷，這樣太對不起自己。

真正的和諧來自真誠的表達，不必懼怕撞擊產生的火花，如此才能有相互的尊重，也才是對自己的善待。

④拒絕為別人磨損自我

不要活在他人的評價裡

年輕的時候，因為各方面的經驗都不足，所以對自己也不夠有信心，這是可以理解的。

但來到人生之秋，若是還活在他人的評價裡，這就太累了。

在意別人對自己的看法，就會產生種種焦慮，容貌焦慮，身材焦慮，成就焦慮……數不清的焦慮。

其實別人可能並沒有什麼看法，一切只是因為自我懷疑而衍生的猜想。

拒絕為別人磨損自我，這是拒絕活在別人的評價裡，同時也明白其實**並沒有別人在看你，每個人看的都是自己**。

中年以後要愈活愈俐落瀟灑，而不是愈活愈拖泥帶水，別再把「別人會怎麼想」、「別人會怎麼看」這種話掛在心頭或嘴上，生活是自己在過的，與別人真的沒有關係。

⑤拒絕做自己不願做的事

不要因為不好意思而被人情世故綁架

為了人情世故，有時我們會勉強自己做其實不願做的事，例如幫不想幫的忙、借不想借的錢、做不屬於自己份內的工作、參加毫無興趣的聚會、假裝認同並不認同的意見……

仔細想想，所有這些不想做卻做了的事，都是因為不敢得罪別人或所謂的不好意思，然而做了卻違背自己的意願，而且還消耗了寶貴的時間和能量，讓人無奈又疲憊。

既然如此，那麼為什麼要為了別人而委屈自己呢？

當我們開始可以拒絕被人情世故綁架，可以聽從自己內在的聲音拒絕去做那些其實不願做的事，也就意味著我們不再為了短暫的外界認可而犧牲內心的平靜。

有被討厭的勇氣去拒絕那些違背自己意願的事，是一種愛自己的表現。當我們決定不再為了沒有意義的事情耗費心力，才能將時間與能量用在那些真正想做的事。

來到人生這個階段，真的毋須為了符合他人的期待而委屈了自己，**當我們學會拒絕那些不願做的事，也就得到了內心的輕盈與自由。**

年輕的時候，人生的主軸可能是「想要」，因為想要一個自己嚮往的人生，所以會去追求那些符合自己理想的東西；但來到人生之秋，想要的許多可能都得到了，始終得不到的那些可能也都看淡並放下了，這時重要的反而是「不要」。

不要受苦，不要內耗，不要委曲求全，不要為了別人磨損自我，不要做自己不願做的事。

一個人的成熟，在於要能對別人說不，也要能對自己說不。

可以坦率地拒絕種種不要，就是拒絕自尋煩惱，內心也會漸漸變得強大。

中年是開始學會自我和解的時期，這個階段的我們漸漸不再追求外在的認可，而是更注重內在的平靜與自在；於是也會漸漸明白，善待自己並且學會說不，這不需要猶豫不安，也不需要徵求任何人的同意，因為這是愛自己的必要練習。

畢竟那是他人的人生

一個人的糖果可能是另一個人的毒藥，幸福也不是只有一種固定的模式。

有一天，我站在水槽前給自己洗一把米，忽然想到不必給討厭的人做飯，我的生活裡沒有這樣的困擾，頓時覺得整個人被幸福的聖光充滿！對我來說，沒有什麼比得上和一個怨偶共同生活在一個屋簷下更可怕的了！

但是我的朋友薇薇安覺得一個人吃飯是一件淒慘的事，就算再怎麼吵吵鬧鬧，還是要有一個可以一起吃飯一起過日子的人。所以薇薇安的幸福是有人願意吃她做的飯，為了這樣的執念，除了伴侶出軌，她可以忍受對方的各種生活惡習，甚至包括冷戰中的精神暴力。

我無法共感薇薇安，那樣的生活對我而言不可思議；她也不能理解我，因爲在她的世界裡，身旁沒有一個生活伴侶怎麼過得下去？雖然我們彼此認知不同，但這一點兒也不重要，每個人的人生狀態都不一樣，自己的幸福自己明白就好。

所以每當薇薇安向我訴苦她的婚姻，我都是默默聆聽，並不多說什麼。因為我知道，她並沒有徵求建議的意思，只是在單純地抱怨，我也就無需多言。而對於我的單身生活，薇薇安雖然不懂這有什麼樂趣，也從來不會勸我找個伴侶。朋友之間彼此尊重，這樣就夠了。

曾經聽過一個好不容易結了婚的女性友人對另一個單身主義的女性友人這麼說：

「好了啦，別再強顏歡笑了！就承認我們都需要一個可以相互照顧的伴侶。沒有一個女人不想要一個安定的歸宿，那才是人生真正的幸福啊。我可以得到，妳也可以！」

把別人發自內心的笑容認定是強顏歡笑，這實在是可怕的自以為是。最可怕的是，說這話的人還以爲這是苦口婆心，一番好意。

以自己的經驗與價值觀去論斷別人，指點別人該這樣做該那樣做，這是一種傲慢，而且往往很難自我察覺。

誰有資格指導誰的人生呢？我們對於別人的了解都是非常有限的局部，以有限的認知去干涉別人的人生，未免太蠻橫，也太缺乏自知之明。

就算真的了解，也該尊重別人的自由意志，而不是宣揚自己的意志。說真的，別人高興怎麼活是別人的事，就別多管閒事了。

所以除非別人要求，真的不要隨便給別人任何人生方向的建議，因爲那是強迫輸出，是把別人並不想要的東西硬塞過去，只是令人尷尬而已。

別人要維持單身還是要在婚姻中修煉都是別人的自由，不僅對待朋友平輩是如此，對待晚輩又何嘗不是？

以前年輕的時候，最怕碰到那種見了面就問結婚了沒的長輩，那樣的侵入感讓人非常不舒服，因為接下來就是勸婚，說來說去都是那一套：眼光不要太高啊，年紀愈大就愈難找對象啊，老了總要有人照顧啊……blablabla……

那時的我聽了只覺得不耐，心想把打探別人隱私包裝成關心的形式問東問西，真是可厭的倚老賣老。我心裡的ＯＳ是：您的婚姻很幸福嗎？就算您的婚姻美滿，您可以保證別人的婚姻也很快樂嗎？還有，我結不結婚關您什麼事呢？

如今自己也漸漸有了年紀，漸漸明白那些打探或許真的有關心的成分，但我更明白別人不但很難領情，那些關心也很可能只會成為別人的壓力，所以無論親疏，我都不會去問任何令人尷尬的問題，不會勸別人結婚或單身，除非是別人徵詢我的意見，我也不會說出任何情感方面的建議。

不只是結婚與否這種人生大事，其他種種最好也別多問，為什麼不生孩子？為什麼不買房子？原來的情感對象還在不在？這些話題對於別人來說可能都是很敏感的，也不是可以閒談的，所以就別說了吧。

每個人都有屬於自己的城堡，都有自己過日子的方式，快不快樂，幸不幸福，都是自己的感受與認知，並不需要他人的同感與認證。

一個人的糖果可能是另一個人的毒藥，幸福也不是只有一種固定的模式，所以真的不要把自己的感受與認知強加到別人身上去。

許多時候，那些打探與指點甚至與個人真實的感受無關，而是社會氛圍之下的制約，那樣的「大家都這樣所以你也應該這樣」的道德勸說更是大可不必。人與人之間的相互尊重來自必要的距離，不僅是自己別多管別人的事，也不能容許別人來多管自己的事。人生是自己的，與他人毫無關係，所有的甘與苦只有自己真正知曉，也只有自己能為自己的人生做決定。

因此，顧好自己的城堡，也不任意侵犯別人的護城河，保持一個讓彼此都舒服的距離，誰都不要越界去指點誰的人生，維護自己的同時也尊重他人，這樣才是成熟的大人。

重啟人生永遠不晚

人生無常，外在的一切都歸零，反而讓她開始往內看。

我的朋友舒雅曾經是眾人眼中的人生勝利組。

美國名校畢業後，她和研究所的學長結婚，兩人先後進入世界知名的大企業工作，後來也先後回臺灣來創業。她的丈夫經營著一家上市公司，她自己則開了一間公關公司。兩人住在一幢美輪美奐的大廈頂樓，擁有自己的空中花園。

我在那座花園裡喝過幾次下午茶，眼前俯視的是大安森林公園的一片樹海，可以從那樣高高在上的視角觀賞這座公園，真的是無與倫比的奢侈。

上天對舒雅似乎特別厚愛，別人辛苦追求還是無法如願的，她卻輕易就得到了，事業、家庭、財富、美貌、頭銜……她唯一沒有的是孩子，但那是兩人在結婚之初就決定不要的。

然而，在舒雅五十歲生日的前夕，一場先前毫無徵兆的風暴席捲而來，將她的完美人生徹底摧毀。

她的丈夫忽然提出離婚，原因是有另一個女人懷了他的孩子，他必須給那個孩子婚生的名分，這種劇情如果是電影都太拙劣老套了，在舒雅的人生裡卻是真實上演。而她也是這時才知道，原來這麼多年來，他一直有外遇，也一直想有個孩子。她還以為兩人之間溝通順暢，現在才發現根本不了解他，自己的婚姻也早就名存實亡。

這簡直是噩夢，但一切才剛剛開始。

隨著離婚的進行，許多真實狀況被一一攤出，丈夫的公司表面風光，其實早已岌岌可危，更糟糕的是，他為了補自己財務的漏洞，把兩人住的房子拿去抵押。舒雅無論如何不能相信，自己一直以來的美好生活，原來竟是一片年久失修的牆壁，早已破損又滲水。

離婚協議中的財產平均分配，讓舒雅不得不賣掉自己的公司，一番折騰下來，她覺得自己簡直去掉半條命。

在戶政事務所簽字並且換了配偶欄空白的身分證之後，她一個人搬進城市邊緣一間破舊的租屋，俯視大安森林公園樹海的闊綽生活猶如昨夜的夢，現在她只能透過狹窄的窗戶看見被層層疊疊的樓房壓擠出來的一小片天空。

生活彷彿從雲端跌入塵泥，舒雅在一個月內失去了事業、失去了婚姻、失去了家庭，甚至失去了以往的那份自信。很長的一段時間，她不想見任何朋友，也不想聽見「會好起來的」這種空話。她覺得自己的人生已經完了。

她常常一個人蒙著臉崩潰痛哭，心中滿是挫折與憤怒。為什麼是我？她也常常這樣問著虛渺的空無。從天堂跌下來很痛，過去有多麼光鮮亮麗，現在就有多麼灰頭土臉。

「我對人生絕望，心中滿滿都是怨尤，我怎麼會走到現在這個地步？我過去的那些努力和累積怎麼會就這樣化為烏有？我曾經以為自己掌握了一切，現在才赫然發現一切都是假的！」後來回想起那段灰暗的日子，她這麼跟我說。

在這裡住了半年，搬家時的紙箱還有好幾箱沒有打開，就這樣堆在一旁，每次經過時都絆她一腳，但她無心打理。反正都來到了人生的窮途末路，何必在乎？

某一天夜裡，又一次的輾轉難眠，百無聊賴的她終於打開其中一個箱子，看看裡面有什麼。在一堆雜物中，她拿起一本舊相冊翻了翻，裡面是自己二十多歲的時候，當時還沒結婚，還沒後來發生的一切。她看著照片裡的自己，這個女孩當時什麼都還沒擁有，也什麼都還沒失去，而她的笑容是那樣全心全意，那樣如花綻放般燦爛。

舒雅怔怔地看著過去的自己，完全想不起來當時為了什麼笑得那樣開心。也許不為什麼，想笑就笑了。

然而現在的自己已經笑不出來，那樣發自內心的喜悅是什麼時候失去的呢？

「在那個夜晚，我回顧自己過去的人生，發現自己一直在追求外在的認可，想要這個社會公認的成功，想要成為人上之人，我也得到了，但又怎麼樣呢？那些外在的堆砌可能在一夜之間崩塌。而我這時才發現，天啊，原來我一直在為別人而活，因為我的快樂來自別人羨慕的眼光，但那並不是發自內心的喜悅。」

那個夜晚像是一個頓悟，給了她重新審視自己的眼光。人生無常，外在的一切都歸零，反而讓她開始往內看。

我真正想過的是怎樣的生活？我可以重啟自己的人生嗎？她問自己。

人生的上半場都在構築外在世界，事實證明那不堪一擊，現在她要建立自己的內在世界。

她從每天早晨的冥想練習開始，最初只能靜坐三分鐘，然後慢慢增加時間，五分鐘、八分鐘、十分鐘……在這個過程裡，她看見自己心田的蕪雜凌亂與思緒的跳躍不受控，然而漸漸的，她的內在安靜下來，終於可以聆聽自己心裡的聲音。

她也終於動手布置自己的居所，而她發現清空外在環境的同時，也清空了內在的心境。

因為原來的東西太多，這個小屋子放不下，搬家時又很倉卒，很多東西都無法帶走，現在檢視眼前的所有，卻覺得東西還是太多了，她根本用不到那麼多的衣服、鞋子和包包啊！上網把那些東西賣掉之後，她才發現現在住的地方其實並不小，經過簡單的擺設之後，也是清雅可喜。

隨著時間的推移，舒雅漸漸找到了屬於自己的生活節奏。她開始享受一個人的生活，自學瑜伽、報名各種感興趣的課程、花大量時間閱讀，這些過去想做卻一直沒有時間做的事，現在都可以做了。

她也開始每天的散步，在一步步的往前流動之中與自己的心靈對話。

過去雖然住在這個城市最美的公園旁邊，她卻少有時間可以去公園裡走走，現在每天沿著小巷弄往前走，要走二十分鐘才能到達附近的郊山，她卻甘之如飴。

她發現自己喜歡走路，這是過去出入都有豪車代步的她難以想像的。

她常常因為看見路邊的一朵花，一棵樹，或是天空裡的一片雲，一隻鳥而感到發自內心的欣喜，那是她曾經久違的感覺，原來生活可以如此簡單，快樂可以如此直接，她不需要擁有任何身分頭銜，不需要擁有任何資產，就能感受眼前這個豐盛的世界。

她開始回應一些朋友關心的問候，至於另一些因為她不再擁有那些身分頭銜而不再來往的朋友，就這樣斷聯正好。

偶爾她會回想起那段婚姻，只覺得像是上輩子的事，她並不眷戀那些過往，也不再有失去的怨尤。她喜歡現在的自己，沒有了那些身分頭銜，也不再是某某人的太太，她反而更能感受到自己是獨一無二的存在。

這天，舒雅與我一起去走烏來的山徑，她笑容可掬，一身布衣布鞋，不是坐擁高樓豪宅的意氣風發，不是經歷婚變的驚惶憔悴，而是宛如新生的輕盈自在。

現在的她不再是眾人眼中的人生勝利組，但她擁有了內心的豐盛，擁有了過去沒有的發自內心的喜悅。

我問她接下來有什麼想做的事嗎？她笑著說：

「凡事皆可能，我不會自我設限的。」

停頓了一會兒，她又說：

「並不很久以前，我還以為我的人生完了呢，現在卻覺得眼前無限寬廣，隨時都是開始。」

是啊，重啟人生永遠不晚，無論經歷了什麼，都是生命中的一段體驗而已。也是那些體驗，讓人看見嶄新的生命風景，並且發現一個無限可能的自己。

讓身心靈清爽的6個斷捨離

透過捨棄不必要的物質和不必要的關係，清理生活，也清理自己，放下煩惱，得回內心的平靜。

心情憂悶的時候，或是需要把某個想法理清的時候，我會去整理東西，也許是衣櫥，也許是冰箱，也許只是一個抽屜，在那樣清除雜物的過程裡，打結的心情與思緒會漸漸暢通，能量會漸漸流動起來。

總是如此，清理了環境，也就清理了心境。

清理並不限於物質，還包括心靈與其他。我想，若要讓身心靈清爽，那麼以下這六項是必要的斷捨離。

① 破敗無用的東西

過於惜物並非美德，而是固執地抱殘守缺。如果捨不得丟棄那些破敗或無用的東西，那可能是出於某種對過去無法放手的心結。

生活中最昂貴的就是空間，在一坪幾十萬甚至上百萬的空間裡放著無用的東西，是沒有意義的浪費。

破敗的東西會造成破敗的氣場，它們的存在象徵著對過去的緊抓不放，生活中若充斥著這些物品，不但心情會變得沉重，運勢也很難開展。

無論是破敗之物還是無用之物，都是不流動的負能量，或許它們曾經有過不斐的價值，但當它們失去功能或無法再被修復時，卻只會占據空間，並且造成阻礙。

清理了不再需要的物品，不但能還給自己一個乾淨的居所，還能感受到一種放下的解脫。

當空間變得簡潔清爽，心情也會隨之開闊起來。清除雜物的過程，這物質的斷捨離，不僅是外在環境的淨化，也是內在的釋放。

② 想起來就不開心的往事

就像破敗的東西占據生活空間所以必須清理，那些想起來就讓人不開心的往事也該捨棄，因為它們占據了心靈的空間，往往形成巨大的陰影，讓內在的能量難以流動。

過去已經過去，但記憶的回溯總是讓人不斷地回到那些破碎的情境之中。放開那些傷心的往事，就是放過自己。

這並不表示要去否定過去那些發生，而是要學會與過去和解，並且不再任由那些記憶主導我們的情緒。

承認那些過往都是真實的存在，但同時也要知道它們不過是生命中的一段經驗，只要自己願意讓它們離去，它們就永遠無法再影響自己。

一切都是心的選擇。選擇讓不愉快的回憶占據心靈還是選擇放下過去？選擇繼續自我為難還是選擇放過自己？這是清楚明白的二選一，也是身為一個有能量的大人必須練習的心靈斷捨離。

③不再有滋養的人際關係

經歷過歲月與人生經驗的洗禮，因為彼此的成長不同，道路不同，前進的方向不同，有些過去曾經美好的人際關係改變了，彼此之間漸漸不在同一個頻道上，言語之間漸漸有許多因為歧義而產生的誤解，相處起來並不覺得融洽，只覺得疲累，甚至對自我產生懷疑，那麼真的不需要勉強自己繼續維持這段情誼。

生命如列車，那站有人上車，這站有人下車，相聚與離別本來就是人生的常態，當不再適合同行的時候，那麼就**各自安好，隨緣而去，這是必要的人際斷捨離**。

這並不意味著我們不再關心對方，而是接受相聚有時，離別有時。並不是所有的情感從頭到尾都美好，適時地放手是為了止損，避免情感繼續消耗，所以彼此之間停留在這裡就好。

也因為如此，我們才會更珍惜那些依然帶給我們支持、鼓勵與愛的人際關係，也更能享受那些美好的連結。

④ 自我綑綁的觀念

我們總是活在心的造設之中，所以許多時候，可能被某些自我綑綁的觀念束縛卻不自覺。

這些觀念往往來自於家庭、社會或過去的經驗，它們讓我們覺得必須遵循某些既定的模式或標準行事，卻未曾想過，這些觀念真的正確嗎？

例如「成功的人生就是有錢有權」這樣的觀念，常常讓我們無法放下對外在物質的追求，忽視了內心的平靜與自在。

或是「只有看起來年輕的女人才美麗」這樣的觀念，讓人對自己的外表充滿挑剔與不安，容不下一絲白髮或一條皺紋。

這些觀念像是無形的枷鎖，限制了我們的可能性，也讓我們活在約定成俗的標準中，失去了獨立思考的能力。

學會辨識這些自我綑綁的觀念，質疑它們，然後放下它們，是必要的觀念斷捨離。當我們能夠不再被這些想法束縛，眼前的一切將會豁然開朗，那是一種前所未有的自由感，讓人能夠坦然愛自己，也真正做自己。

⑤對於他人眼光的在意

如果總是意識著他人的眼光，總是猜測著別人會怎麼看怎麼想，那麼就會讓我們陷入自我懷疑與不安之中，無法自在。

然而這其實是一個自設的陷阱，不過是自尋煩惱罷了。

真相是根本沒有別人在看你，每個人關注的都是自己。

就算有人看著自己，那又如何？我們並不需要為別人的感覺負責。無須取悅他人，每個人都有不同的觀點和標準，無論你怎麼做，總會有人不滿意。既然如此，何不把注意力轉向自己的內在，問問自己真正想要的是什麼？

我們唯一需要取悅的只有自己，因為喜悅發自內心，而不是外界的認可或讚美，也只有我們自己能為自己要的成功與幸福下定義。

放下對於他人眼光的在意，這是自我覺悟的斷捨離，也是一個人成為大人的開始。

⑥ 對於明天的憂慮

許多人常常陷入對未來的憂慮中，擔心意外會在明天來臨，擔心自己能否應對未知的挑戰。這種憂慮總是扼殺了當下，令人窒息。

對於未來的過度擔憂，是一種無用的消耗。未來充滿未知與變數，過度的擔心只會流失現在，而且所有對未來的憂慮都只是頭腦裡的猜測，卻在負面的想像中陷入恐慌，未來所擔心的事百分之九十九點九九不會發生，當下卻已被那百分之零點零零一拖入焦慮的深淵。

與其糾結於尚未發生甚至根本不會發生的事情，不如學會信任生命的自然流動。萬事萬物時時刻刻都在變化之中，我們無法預知，但可以在其中找到自我的平衡。

人生是無常的，接受未來的不可預知性，並且明白一切都是夢幻泡影，才能擁有內在的平靜。

放下對於明天的憂慮，這是活在當下的斷捨離。

斷捨離是一種生活與心靈的修行，透過捨棄不必要的物質和不必要的關係，清理生活，也清理自己，放下煩惱，得回內心的平靜。

斷捨離亦是自我覺察和自我管理的過程，讓人聚焦於當下，明白自己真正需要的，並且放下不再需要的。

如果沒有斷捨離，生活與心靈處處都是雜物堆積，人生也將疲憊不堪，徒然成為一場拖泥帶水的行旅。

來到中年，斷捨離是必要的人生功課，透過清理無用的物品、放下不愉快的記憶、離開不再滋養的人際關係，並解除內心的自我綑綁觀念與對未來的憂慮，讓身心靈都清爽自由，縱使歲月繼續增長，人生依然可以自在輕盈。

輯四

懶得多慮

何必追求少女感

與其想要逆反時間延長少女狀態，不如做一個靈魂有香氣的中年女子。

在社交網站上，常常會看到一些中年女性貼出自己的照片，然後含羞帶怯地問網友：「還有少女感嗎？」

甚至有一個新名詞就叫做「中年少女」，這是那種雖然人到中年，卻希望自己看起來還像是少女的女性自稱。

但是這個名詞本身就充滿了違和感，中年和少女是兩個完全不同的人生階段，合而為一感覺好奇怪，就好像穿著正式的絲質套裝卻綁了雙馬尾還繫上蝴蝶結一樣，怎麼看都覺得不協調。

畢竟那些經過的時間是確實存在，那些歲月的歷練也不是虛假，就算再怎麼勤於保養，腰身再怎麼緊，體脂再怎麼低，看起來再怎麼粉嫩，也不可能逆生長回到少女。

歲月的累積是無法改變的事實。這不是有沒有皺紋、皮膚是否細緻無痕的差別，而是整個人所呈現出來的氣質狀態怎麼樣也不會是那種天真的、未經世事的女孩模樣。無論如何，眼神與嘴角所堆疊的那些無形的時光是瞞不了人的。

而且，重點是，為什麼要回到少女？

都已經來到中年，卻希望自己看起來像是少女，這樣的心態，無非是對於年華老去的恐懼吧。

老，像是一輪夕陽沉入海底，馬上就要天黑了，而少女則像初生的朝霞，充滿了無限的可能。女人如此怕老，如此崇尚年輕，這雖然有對於自身機能退化的不安，但更多的恐怕還是整個社會氛圍帶來的影響，包括大眾普遍對於青春的歌頌，反應在消費習慣上的追求，也包括婚戀市場上，年紀愈大的女性愈乏人問津的殘酷事實。

也許，「老了就沒人愛了」這樣的恐懼，讓許多中年女性這麼在乎自己還有沒有少女感。

可是，愈是如此惴惴不安，愈是呈現了內在的蒼老。

年輕沒什麼不好，希望自己看起來年輕也沒什麼不對，但是，原來自然的變成不自然，或是對於年輕的追求成為自我打擊的壓力，那就另當別論了。

無法接受當下的自己，嚮往的是另一個與真實自我完全不同的狀態，而且是無法逆反的狀態，是與回不去的時間對抗，這就好像想要阻止一條河流的流向，用盡了力氣，結果還是不如人意。

少女就一定比中年女性更美嗎？青春年少就一定比中年階段更好嗎？這是不是這個社會集體催眠出來的假象呢？

年輕的體力確實是比較好的，年輕通常也代表著活力與昂揚，但是良好的運動習慣可以幫助我們維持在一個良好的狀態，那並不是為了追求所謂的少女感，而是為了健康，是為了把自己照顧好。

希望自己擁有一個好看的外表無可厚非，但若是不能接受自己真實的樣子，無論如何都是美麗不起來的。

美麗是發自內心的光華，是對自己衷心的愛悅。每個階段都有每個階段的美，青春有天真無邪的美，中年有智慧通透的美，這就好像春天的薔薇和秋天的玫瑰各有各的姿態。

既然可以當秋天的玫瑰，又何必去嚮往春天的薔薇？

秋天的玫瑰之所以美麗，就是因為經過了前面人生種種的風霜雨雪，得到了種種淬煉的滋養，才能擁有現在的優雅。

我想說的是，**與其想要逆反時間延長少女狀態，不如做一個靈魂有香氣的中年女子**。

喜歡自己，接受自己真實的面貌，會讓妳的靈魂有香氣。

多閱讀，多培養對藝術的鑑賞力，會讓妳的靈魂有香氣。

安於當下，在每一個現在都活出自在的樣子，會讓妳的靈魂有香氣。

溫柔地對待自己，也溫柔地對待別人，對待一切生靈，會讓妳的靈魂有香氣。

靈魂有香氣的女子，才是真正的大人。這樣的香氣會隨著年齡的增加而更芬芳。

可以成為一個各方面都成熟的大人，何必回頭去當一個假少女呢？

成熟的大人知道如何愛自己，又何必像一個少女一樣等著別人來愛呢？

所以，做一個靈魂有香氣的中年女子吧！那些經過的時間是一條河流，順著流走，欣賞沿岸的風光，這種安於當下的自在，就是一種美麗的姿態。

ＡＩ也無法取代的事

ＡＩ所製造的沉浸式體驗，再怎麼沉浸也比不上親身走入山林的沉浸。

一身輕裝，帶著登山杖，和好友一起來走山徑。陽光正好，清風溫柔，眼見的是無盡綠意，聽到的是風吹過樹葉的沙沙聲，聞到的則是山林中的各種香氣，沿途還有盛放的野花。這一切都讓我們心情愉悅，一路時而歡聲笑語，時而諦聽寂靜。

於是我又一次深深地感到自己被山林療癒了。無論什麼時候，只要走進山中，就像走進自己的內心，也走進一個五感昇華的寧靜國度。我需要這樣沉浸式的體驗來與大自然的一切共感，也與天地之心共鳴。

尤其是最近，這樣的需求特別強烈。

自從ChatGPT問世以來，我就對這個人工智能充滿好奇，而在研讀了所有關於Open AI的報導之後，我的好奇變成了不安。

一方面我驚嘆於科技的不可思議，另一方面也不免憂慮。人類創造出來的人工智能已不只取代機械性的勞動，還取代了藝術性的創作，只需要幾個簡單的指令，就能快速得到一張畫、一篇小說、一首音樂、一部影片，一切都變得如此輕易。

因此，可不可能未來將不再有人類的創作，只有AI的生成？

帶著這樣的疑問，我登錄了ChatGPT，想測試它的功能。我要求它以「臣服」為主題，寫一篇給女性閱讀的靈性小說，在我下了一堆指令之後，不到五分鐘的時間，那篇數千字的小說就呈現在我的面前。我對著電腦螢幕目瞪口呆，有一種噩夢成真的惶悚感，看來這已經不僅是擔憂的層次，而是必須面對的真實。

這個世界將變成什麼樣子，簡直難以想像。不會太久的將來，也許寫作將成為一門古老的技藝，畢竟ChatGPT已有這樣的功能，而且一個作者可能數日或數十日甚至數年才能完成的作品，它只需要幾分鐘。

雖然以我的角度來看，那篇靈性小說缺少內心曲折的部分，關於心靈，關於詩意，關於深刻的哲理，它都還遙遠得很，但若以一篇小說該有的情節發展與邏輯架構而言，卻已經相當完整了。

而我擔心的是，若AI可以如此迅速地完成文字工作，那麼人類整體的創作力必然會下降，反正有人工智能代勞。當創作力下降的同時，鑑賞力也必然會下降，那麼再過一段時間之後，很多人將會分不出真正的好壞。

不只文字，繪畫、音樂與影像也是如此，懂得如何對AI下指令，是否可能漸漸取代如何進行真正的創作？

我常常覺得「50+」這個世代，是人類歷史上經驗變化最劇烈的一代了，想想看，我們小時候甚至不知道什麼是電腦，至於虛擬貨幣、智慧手機、社群網路更是聞所未聞，甚至想都想不到會有這樣的發明。

但自從一九九〇年左右，互聯網開始走入我們的生活以後，這個世界即以飛一般的速度不斷在改變，就像臉書每隔一段時間就會改版，若想繼續使用就要弄懂它的新規則一樣，面對所有紛至沓來的新科技也是如此，從WEB1.0到2.0到3.0，從雲服務到ＡＩ時代，從中心化到去中心化，世界的旋轉愈來愈快，如果沒有緊緊跟上日新月異的新科資訊，就會漸漸被拋到世界之外。

必須說，我不是反新科技，因為我確實也是新科技的受惠者，當我使用衛星導航開車的時候不再擔心迷路，當我走在夜晚黑暗的道路上，因為手裡有著可以隨時與人聯絡的手機，也讓我感到安心。

但是當ＡＩ即將全面取代人類的一切作為時，我開始擔心這樣的發展可能有一天會失控。在這個一切講究效能的時代，我們還能慢慢去感受一些古典的情懷與價值嗎？

某個夜晚，在讀過好幾篇關於ＡＩ的報導之後，我有點透不過氣，離開了書桌，走到陽臺上想呼吸一下空氣。夜空中的星星映入眼簾，就在這個瞬間，我的不安與憂慮霎時消失，只覺得一切都可以放心。

AI再怎麼侵略也無法染指大自然，再怎麼強大也無法創造出星星和天空！同樣的，當我們把文學藝術創作當成一種自我陪伴，一種療癒，那麼就像我們會需要天空一樣，也會需要這樣的療癒與陪伴，那是身而為人的基本渴求，永遠都會存在。

所以，當科技日新月異的速度已經快到讓我們來不及去消化與更新，天天面對各種內外壓力不知不覺之間心生焦慮時，就更需要遠離這一切，更需要靜心與自我觀照，也更需要大自然的療癒。

於是我約了好友，一起來走山徑。

置身在山林的懷抱裡，聽著蟲聲鳥鳴，看著光影綠意，那些一直沒搞懂的NFT、WEB、DAO、Defi、Midjourney、元宇宙、虛擬貨幣……都無所謂了，新科技一代換過一代，往往在我們還沒徹底明白那是什麼之前，可能就過時了。但無論世界怎麼變化，我們還是擁有從無始以來一樣的清風明月，抬頭看見的還是唐詩宋詞的天空。

當我意識到這一點，頓時覺得被大自然徹底安慰，從身到心都輕盈了起來。

ＡＩ所製造的沉浸式體驗，再怎麼沉浸也比不上親身走入山林的沉浸吧！

ＡＩ也許可以生成所有文字藝術形式的作品，但再怎麼樣也無法在它的大數據裡複製出真正的大自然吧！

我想，快樂的人生是一切的平衡，所以當ＡＩ愈進入人類的生活，人類就愈需要回歸自然，愈需要深入自己的內心。與大自然共感的那份詩意，可以讓我們更確立自身的存在。

也許人工智能永遠無法取代的就在這裡了！它可以寫論文，可以製造影像與聲音，可以快速進行所有的分析，但是無法感受心靈與詩意，這個感性的部分還是只在個人的心裡。而我默默祈禱，這個珍貴的部分，我們永遠不會失去。

示弱的勇氣

承認不完美的人生，承認不完美的自己，這是對自己的鬆綁。

這個夜晚，一個朋友傳訊問我，是否可以陪她散散心？我說好。不久，朋友的車來到我家樓下，平常有司機的她今天親自開車。朋友並沒有特別想去哪裡，只是漫無目的地行駛著，或許是在這樣的漫遊之中，她更容易把想說的話說出口吧。

朋友縱橫商場，運籌帷幄，向來當慣了強者，但是此刻的她只是個煩惱的母親，因為和女兒之間的相處出了嚴重的問題，讓她愁眉不展。我第一次看見這樣的她，如此憂心無助。或許是因為匆匆出門，或許是根本無心打理，朋友一臉素顏，與一貫的完美妝容判若兩人，但是這樣的她少了平常的霸氣，反而令人覺得親近。

她向我坦露她的脆弱，我靜靜聆聽，給她陪伴與支持，在這個當下，我第一次感到與她之間如此親密，並且對她有了深刻的共情與同理。

每個人都有脆弱的時候，而願意向所信任的人示弱，是一種必要的釋放，畢竟每個人都需要被理解與支持。

但是示弱對許多人來說都是困難的，因為那牽涉到面子與自尊，對於當慣了強者的人而言更是不容易。

或許是習慣掌控一切，一旦承認自己的脆弱就是一種失控，或許是覺得在人前示弱就等於承認自己輸了，因此無論如何都要強撐一個光鮮亮麗、正面又昂揚的自己。

但人生在世，怎麼可能沒有低潮挫折？誰能夠永遠一帆風順？始終高高在上的人總是給人遙不可及的距離感，然而月亮也有背面，人前風光只是一半，可以展露自己脆弱的那一面其實是一種勇氣的表現，因為那是無畏的表露真實的自我。

反而是強撐著一個完美的正面形象，無論如何都要讓人看見自己最光采的一面，那背後其實是某種不安，對於呈現自我真實的面貌有所恐懼。難以示弱的人以為要表現得很強才會被愛，其實不是的，愛是屬於真實的。當一個人願意對另一個人坦露自己的脆弱，這是在愛的面前自我卸防，是深刻的信任。

如果不能對親近的人展現脆弱，內心的徬徨無處宣洩，就像穿著一身沉重的盔甲，那樣的自我保護表現出來的將是經過偽裝的憤怒，並不利於與他人的關係，也不利於與自己的關係。

承認不完美的人生，承認不完美的自己，這是對自己的鬆綁。一輩子站在高處的人來到人生的秋天時，更要承認低谷的存在，那是從某種對形象的執念中解放，會讓一個人放鬆下來，原先的稜角變得柔軟，與周圍的相處也會更和諧。

示弱不是賣慘，不是討拍，不是情感勒索，而是為了尋求與他人的連結與支持。

示弱也不是刻意用哭調博取同情（拜託千萬不要），而是發出自己真實的聲音。

總之，脆弱不是軟弱，更不是失敗，**展現自己的脆弱其實是一種信任的培養，是與我們在乎的人產生更親密的情感連結。**

也有時候，承認自己的脆弱，是為了尋求指引，從內在的神性得到心靈的支撐，也得到繼續往前的勇氣。

我常常對內心深處的神聖存有示弱，承認自己的有限，那會讓我瞬間放鬆下來，彷彿雙肩上那個無形的重擔被輕輕卸下。

當我在脆弱中面對自我，願意把自己交托給一個可以信任的宇宙，並且由衷地相信那神秘的大能會看顧一切時，我感受到的是放心和放下，以及內在的平安。

揭露脆弱是一種拉近彼此距離的意願，是向對方坦承自己沒有矯飾的一面。無論是面對可以信任的人，或是面對那個無所不在的大能，當我們願意流露自己的脆弱時，其實都是卸下那個堅強的偽裝，面對內在真實的自己。

如此，某些原本緊繃的狀態會開始鬆動，因為心中的鬱積被釋放了，能量就開始流動了，於是在無形之中，事情也會開始發生一些微妙的改變。

所以我對朋友說：

「讓女兒看見妳脆弱的一面吧！告訴她妳累了，請她支持妳。」

我想，朋友若是能讓女兒看見自己脆弱的一面，必然能帶來更多的了解，更多的親密，更多的共情與同理。也許不能立刻解決問題，但至少可以開始改變母女之間的關係。

或者說，因為朋友願意承認自己的脆弱，也就改變了與她自己的關係，然後才能改變與女兒之間的關係。

而那需要示弱的勇氣。

沒有一百分的人生

所以別太要求別人，更不需要苛求自己。

我的朋友海倫這些年的日子過得焦頭爛額，因為她有個叛逆的女兒，交了一些不好的朋友，常常徹夜不歸。海倫多說兩句，女兒就賭氣離家出走，做母親的為此煩惱不已，幾乎沒有一天順心的日子。

等到女兒好不容易比較穩定，不再三天兩頭出亂子之後，海倫那向來就有失智現象的母親病情惡化，必須有人隨時在旁陪伴。不忍心把母親送進安養機構，海倫將母親接回家來親手照顧，這又是另一個血淚交織的考驗，原本溫和的母親變得十分暴躁，總是莫名恐慌，成天大吵大鬧，彷彿活在另一個遙遠的世界，也漸漸不再記得自己的女兒，對海倫充滿敵意，讓海倫每天都過得疲憊不已。

海倫並不是特例，我身旁來到人生中途的朋友們都各有各的煩惱，畢竟這個年齡往往是熬過了兒女的青春期，卻又面臨了父母的長照期，或是兩期的壓力重疊，而在上一輩和下一輩之間，還有自己難解的問題。

首先是健康。

無論曾經擁有怎樣鐵打的身體，到了這個人生階段都會感到某些力不從心，或者說會愈來愈感到地心引力的存在，腳步變得比以前沉重，也比以前容易覺得累，有時還會在不適當的時候打瞌睡。無論有沒有需要治療的疾病，總之已無法輕忽身體所發出的各種警訊。

再來是財務。

不管過去多麼夢幻多麼不切實際，到了現在也知道無法靠著喝露水過活，而可以繼續賺取收入的時限還有幾年？貸款都清償了嗎？目前所累積的是否足以支撐未來的人生？這些現實的問號像是惱人的蚊子在耳邊嗡嗡嗡嗡飛來飛去，讓人不得安寧。

還有關於自我實現的大哉問，而這比起健康或財務，或許更常在心頭盤據。

人生已過一半，時間愈來愈少，過去想望的成就實現了幾分？未完成的還有多少機會可以完成？曾經充滿了雄心壯志，以為自己的人生將會不同凡響，如今卻不得不黯然承認，原來自己只是個能力和際遇都很平凡的普通人……夜闌人靜時想起那些未曾實現的夢想，更是令人輾轉難眠，那樣的失落惆悵不下於青春的失戀。

人到中年，回首走過的路，再眺望前方的路，總是百味雜陳，感慨萬千。

人生實難，前面過了那些關，後面還有一些關要過，每個人都有自己必須獨自面對的生命功課，其中況味只有自己明白。

即使功成名就，家庭美滿，看似什麼都不缺，也一定付出了別人看不見的代價，而且也一定有必須面對的課題。

據統計，臺灣因憂鬱症而就醫的人口之中，以四十五到六十四歲這個區間的人數最多，可見中年所面臨的問題與承受的壓力，在整個人生中確實是最沉重的階段。

這麼說來，我輩中人個個都是人生戰士啊，必須面對與處理的問題千頭萬緒。上天給每個人的都是獨特的考驗，量身訂做，沒有誰是容易的。

總而言之，人生之路走到這裡，能度過那些重重關卡，無論如何都是一種成就，值得給自己鼓鼓掌！

是的，我們都需要當自己的啦啦隊，需要不時給自己一些鼓舞，一些精神喊話，畢竟這個年齡的人都很明白，沒有別人可以依靠，唯一可以給予支撐的就是我們自己。

當自己的啦啦隊，意謂著在任何狀況下都要肯定自己，給自己無條件的支持。還要不時告訴自己：

「放下吧！都過去了。」

我們常常會覺得自己做得不夠好而心生內疚，有時還對自己充滿責備，尤其想到人生中的那些遺憾更是心如刀割，久而久之就形成揮之不去的憂鬱。然而愛自己就是不斷地放下過去並且原諒自己。對正值中年的我們來說，愛自己這件事真的需要學習。

太多結果總是不如預期，可是那些艱難豈是自己願意？人生已多波折，不需要對自己有更多的譴責，只要知道自己在過程中已盡了全力，這樣就夠了。

不但要當自己的啦啦隊，還要學會交託。

交託，是願意相信宇宙中有一股超凡力量，當無助、焦慮、不知如何是好的時候，把你所憂慮的人、你所掛心的事，都交付給那個大於一切也照管一切的力量。

如果你常常感到雙肩沉重或是肩頸緊繃，如果你常常食不下嚥或是夜不安枕，更要學會交託，在你把煩惱憂愁交付出去的時候，也就得到了放鬆。

交託和愛自己這件事一樣，都需要在生活中不斷地學習。這與宗教無關，不涉及任何信仰，更不需要加入任何團體，而是**個人心靈和上天的靜默交流，可以帶來內在的平安**。

我常常交託，因為我願意相信不是自己一人在單打獨鬥，我願意相信有一股無所不知、無所不能的力量在看顧我，這樣的相信讓我每個夜裡都能好好安眠。

同時我也會想，雖然人生充滿各種考驗，但就是這樣才豐富，才能帶來心靈成長。無波無浪的人生應該很無聊吧，而且也沒有那樣的人生。

沒有一百分的人生，也不會有一百分的父母或子女，所以別太要求別人，更不需要苛求自己。無論是為人父母還是為人子女，每個人都是單獨的個體，凡事盡力而為，並且無愧於心就好，沒有誰是誰的附屬應用程式，也沒有誰該為誰奉獻犧牲。

至於那些沒有達成的目標，那些似乎愈來愈遙遠的夢想，還是放手一搏去試試看，只要努力過了，就能將遺憾減到最低。若是結果依然不如己意，雖然惆悵，也該看開了，畢竟雖然沒有完成那些，但一定完成了另一些，雖然沒有得到想要得到的，但一定得到了未曾想到的。

這就是人生。

你是過度擔心的父母嗎？

與其讓擔心成為彼此的束縛，不如把這份憂慮轉化為對兒女的祝福。

我的朋友簡直沒有快樂的時候，因為她總是在擔心。

自從二十多年以前有了兒子以後，她就一直活在憂慮之中。懷孕的時候，她擔心他不健康；兒子出生後，她擔心他生病；童年時期，她擔心他的課業成績；到了青春期，她擔心他考不上好學校，也擔心他長不到一八零；現在兒子大學畢業了，她繼續擔心他找不到好工作。可想而知接下來她還會擔心他遇不到可以結婚的對象，擔心他結婚之後生不出健康的孩子，擔心他有了孩子之後有沒有能力好好撫養，將來會不會失業，婚姻會不會觸礁……

愛一個人難免有牽掛，但是太多的擔心已經成為一種折磨，任何時候只要說起兒子，我的朋友都是憂心忡忡。

對於母親的慣性擔心，她的兒子十分不耐，他很少把自己的事告訴母親，因為他知道母親一定會憂慮，所以自己的事母親愈少知道愈好。久而久之，他面對母親愈來愈沉默寡言。也正因為他什麼都不說，於是我的朋友對兒子也愈來愈擔心。

「他就像是一扇緊閉的門，我怎麼敲他就是不應。」朋友不只是擔心而已，現在她還多了傷心。

過度擔心，這是許多母親面對子女的寫照，但是操碎了心，換來的是子女的毫不領情。

希望兒女平安健康、事事順利，這都是天下父母心，並沒有錯，可是一旦擔心過度，子女不但不接收這份好意，親子關係反而變得疏離，何苦來哉？

其實仔細想想就會發現，這些擔心對子女沒有任何益處，只是把自己的不安轉嫁為兒女的壓力，難怪孩子想要逃離。

「我早就不是三歲小孩了，我媽對我還是那麼不放心，我就這麼不值得她信任嗎？」曾經聽過另一個朋友的女兒如此表達不滿。

這女孩說到了重點，種種的不放心背後確實是不信任，不信任孩子會好好照顧自己，也不信任這個世界會好好對待自己的孩子。

所有的人際關係裡，不信任都是危機，對於親子關係來說又何嘗不是？

從小就被過度擔心的孩子，長大之後總是比較沒自信。

如果孩子在成長過程中經常受到太多的保護和控制，事事都被安排妥當，以免遭遇困難或失敗，父母以為這是對孩子好，其實卻是剝奪了孩子獨立思考與自主行動的機會，也剝奪了孩子從錯誤中學習的經驗和累積信心的過程。好比說，當一個孩子嘗試學習騎單車時，若是不斷地提醒他不要摔倒，甚至完全不允許他獨自騎行，孩子很可能會被植入對自己的不安，甚至在潛意識裡覺得自己不行。

過度擔心的父母往往會對兒女的每一個決定進行干涉，告訴他們什麼是對的，什麼是錯的。這樣的孩子長大後，往往很難信任自己的判斷力，因為他們習慣了依賴他人告訴他們該怎麼做，於是他們也就不知道自己真正要的是什麼，對一切都猶豫不決，總是在思索：「我這樣做是不是錯了？」

長期處於這樣的狀態中，孩子的自我認知會受到影響，他們會不自覺地把「我的能力有限」這種想法內化，形成一種自卑感。雖然並非每一個被過度擔心的孩子長大後都缺乏自信，但這些孩子往往需要更長的時間、更多的努力來克服他們內心對自己的疑慮與不安。

心念是有力量的，無論是出於愛還是保護，父母的焦慮往往會對兒女形成心理暗示，讓孩子懷疑自己無法獨立應對挑戰，無法確立自我價值，也必然形成自信心的缺乏。於是，父母的擔憂成為對兒女的無形詛咒，也成為他們成長道路上的障礙。

太多的愛，有時反而成為了傷害。

與其讓擔心成為彼此的束縛，不如把這份憂慮轉化為對兒女的祝福。

正向的心念能給孩子帶來更多的力量和支持，讓他們在面對生活挑戰時，擁有更多的自信與勇氣。

「我的兒子正在成為獨立自主的成年人，他值得被信任，也值得被祝福。」這是我的另一位朋友常常提醒自己的一句話。

她在很久以前就決定要從對兒子的過度擔心中解脫，所以她給自己設立了一個時限，在她的兒子滿二十二歲之後，她就把對他的擔憂去除了。

「他已經是個大人了，應該完全對自己的生命負責。我不過是他來到這個世界的管道，不是看管他的人。」她說。

「我雖然是他的母親，但是，在成為一個母親之前，我是我自己，成為一個母親之後，我也還是我自己。」這是她對於身為母親的覺悟。

過度擔心不僅是對兒女的不信任，也是對自我的耗損，不僅是為人兒女會感到壓力，為人父母同樣也被無形的繩索綑綁。所以，不再擔心兒女，也是把自由還給自己。

不管對子女的感情有多深，彼此也終究是別人。

不僅自己要做自己，還要尊重別人做別人。這個別人，當然也包括自己的孩子。

或者說，尤其是自己的孩子。

即使孩子成年以後，許多父母還是無法脫離「我都是為你好，所以聽我的不會錯」這樣的心態，這固然是出於希望兒女少走些彎路的善意，但這同時也否定了兒女自主的選擇。

企圖改變或引導對方去做自己認為正確的事，無論這其中有多少愛的成分，也還是難免包含某種恐懼與不安所形成的控制，父母可能覺得自己看得更遠更透徹，所以自己的建議可以讓孩子走一條安全的道路，但從另一個角度來看，這卻是否定了兒女的獨立性。

真正的愛不是控制或改變對方，而是支持對方從內在升起屬於他自己的力量，成為他渴望成為的自己，就像我們也希望所愛之人支持我們成為自己想成為的自己一樣。

所有美好的人際關係都需要以自由為前提，需要接受別人和自己的不同，只有當自己可以真實地做自己，並且也能尊重別人成為他自己時，彼此之間才能和諧順暢。

接受自己的孩子也是一個獨立的人格，接受他也會失敗，也會不快樂，會遇見好人好事，也會遇見壞人壞事。一旦決定接受這一切可能的發生，就沒什麼好不放心了。

就像家族排列大師海寧格的詩句：

我允許任何事情的發生。
我允許，事情是如此的開始，如此的發展，如此的結局。
因為我知道，所有的事情，都是因緣和合而來，一切的發生，都是必然。
若我覺得應該是另外一種可能，傷害的，只是自己。
我唯一能做的，就是允許。我允許別人如他所是。

再愛的人也是別人，就算最愛的孩子也一樣，他是他自己，該允許如他所是。

所以，不但自己要成為一個真正的大人，也要讓孩子長大成人，那麼就學會放心和放手，把自由還給自己，也把和諧還給自己和兒女的關係。

別拿別人的人生來和自己過不去

自己的幸福自己知道，自己的幸福也不需要與別人的生活比較。

我的朋友自從參加了一場大學同學會之後，就陷入鬱悶的情緒之中，因為她發現別人好像都過得比自己好。

過去那位成績不如她的某同學，現在擁有一手創建的品牌，月入百萬以上，而自己只是一間小公司的職員，年薪可能還不如人家的月收。

過去那位相貌平凡的某同學嫁給了知名企業的富二代，住在大安區的豪宅裡，但當年追求者眾的自己卻嫁給了奮鬥半生依然只能買得起郊區房子的男人。

另一位同學早就實現財富自由，在世界各地都有置產，現在是半年住臺灣，半年住國外，自己卻是旅行時都只能坐經濟艙以及住三星以下的旅館。

還有一位同學不但成了名人，還出了一本書，自己卻……唉，算了。

總之，本來覺得自己過得還可以的我的朋友，自從得知了她的大學同學們的近況，有了比較之後，心裡就無法平靜，也無法平衡。她覺得別人都比她成功，比她光采，比她快樂，比她幸福，她因此陷入了低落與焦慮之中。

中年往往是回顧來時路，並與年輕時的期望進行對比的人生階段，當現實不符己意的時候，別人的成功也就讓自己更扎心。

畢竟在這個階段，時間的流逝特別令人感到壓迫，只覺得過去一事無成而未來迫在眉睫，馬上就要老了卻還沒過上想要的生活，這樣的焦慮感讓人會下意識地與他人比較，如果發現自己落後於同儕，沮喪失落也就特別難以平復。

但羨慕別人的人生只會給自己帶來痛苦，覺得自己處處不如人的心情像是某種強酸一樣腐蝕著自我價值，久而久之可能陷入憂鬱，而且影響健康。

其實每個人都有各自的順境與逆境，一場同學會能看見的只是表面，在那些可以示人的風光背後是什麼樣的艱辛，除非十分親近，否則不會知道。

就像社交網站上那些「別人的生活」，那些旅遊美食，那些幸福瞬間的展示，容易讓人誤以為這就是他人生活的全貌，然而那些看似完美的一刻不過只是精心擷取的片段，至於真實人生裡的一地雞毛是不會呈現出來的。

我們無法真正了解他人生命中的種種掙扎和挑戰，若以別人經過修飾的美好生活片段來衡量自己幸福與否，這是自尋煩惱。

想想我自己可曾羨慕過誰的人生？

想來想去，還真的沒有。

或許很久以前的少女時代曾經羨慕過某個女明星，不是羨慕她的美貌與財富，而是羨慕她可以和我當時喜歡的男明星在電影裡談戀愛。

當我更長大了一點，看了關於那位女明星的報導，才知道現實人生裡的她經歷了種種情感的磨難，並且曾經仰藥輕生。

或許從那時我就明白，美好的表象和真實的人生往往是兩回事。

我們所能看見的別人都只是小小的片段。就像看著月亮的時候，只能看見它的光，卻看不見崎嶇不平的背面。

沒有完美的人，也沒有人有完美的人生。陰晴圓缺才是人生的常態。

每個人都要面對自己生活中的陰晴圓缺，每個人也都有自己無法讓人看見的背面，所以誰能羨慕誰呢？

我們當然也有自己的陰晴圓缺。雖然人生也許充滿各種挫折與不順，但一定也有美好與快樂的時刻。

不但別拿別人的人生來和自己過不去，而且還要知道自己的生活已經比絕大多數的人都好，看看世界上多少戰亂，多少貧窮與苦難，就會深深慶幸至少自己生活在自由民主的地方。

我給自己列了一份幸福清單，當我覺得生活不如己意的時候，我會檢視這份清單，例如我有一屋子的書、我有兩隻可愛的貓咪、我有隨時去走山徑的自由……都是一些尋常小事，可是能如常過日子不就是一種幸福？

自己的幸福自己知道，自己的幸福也不需要與別人的生活比較，一旦有了比較，就有了種種不如意、不順心、不快樂，所以真的別拿別人的人生來和自己過不去。

而且，太多比較都是來自於這個社會對於所謂成功的定義，就是擁有漂亮的頭銜和富裕的生活；名利沒有不好，並不需要否定，而且也一定能帶來「某些」滿足與快樂，但並不是「全部」的滿足與快樂，而且名利也不等於內在的平安。

沒有一個絕對的標準可以衡量所有人的成功與幸福，所以放下那些無謂的比較，那只是製造焦慮而已。

安於日常，感受內心的寧靜，這樣就很好了。

與其關注別人的生活，不如專注於自己的人生。

我想說的是，每個人都是獨一無二的，每個人的人生也是絕無僅有的，是那些經驗、那些歷練總和了現在的自己。

能走到今天，是所有偶然與巧合的累積，值得為自己喝采。

人生就是體驗，沒有絕對的好與壞，也沒有一定的成功與失敗，所以不需要比較，更不必拿別人的人生來和自己過不去。

歲月不敗真正的美人

漂亮是外在，但美發自內心。漂亮可能會隨著時間而暗淡，美卻超越了時間。

偶然在朋友的臉書上看到他與一位從前的女明星合影，她脂粉未施，衣著樸素，臉上有著沉靜的微笑，那樣洗淨鉛華之後的本來面目，讓我覺得好美。

然而以前她年輕的時候，雖然是公認的美女，我卻從來不覺得美，因為華麗的衣裳和精緻的化妝層層堆砌，讓她和其他漂亮的女明星一樣，看不出有什麼不同。

如今去除了那一切，才流露出本質的獨特面貌，才讓我看見她真正的美。

漂亮和美是不一樣的層次。漂亮是外在，但美發自內心。漂亮可能會隨著時間而暗淡，美卻超越了時間。

當然這樣的美是有條件的，而那個條件就在於心靈的質地。是因為心靈有光，所以由內而外地煥發，讓一個女人贏過歲月，愈活愈美。若非如此，終究也只是年華老去而已。

對於這位從前的女明星現在的生活，我所知不多，但從她的神采之中可以看見某種豐盈，不是物質生活的繁華，而是精神狀態的自在。

我認識不少這樣的女子，無論外在如何變化，她們的內在自有一個寧靜祥和的世界，與她們相處總是很舒服。這樣的女人是真正的美人，不會因為時間的增加而減低了美貌，反而會因為歲月的累積而更增加了智慧之美。雖然髮間多了幾分銀絲，雖然額頭有了一些皺紋，但誰說那不是一種美？

反而是想盡辦法把自己的臉整得平滑無瑕、用拉皮的方式呈現出不自然的狀態，有一種說不出的緊繃感。過度追求完美的結果，可能只是離美更遠而已。

現在修圖軟體如此盛行，醫美做不到的，修圖都做到了，許多人也因此過度依賴修圖軟體，但往往一看就知道那是ＡＩ修出來的，在社交軟體上看見這樣的照片時，總給我一種錯覺，覺得對方來自高科技的外星文明。

以前都說上帝給女人一張臉，女人自己又造了一張，現在是自己有一張臉，在社交軟體上是另外一張。

當然完全沒必要把自己不喜歡的樣子公諸於眾，用濾鏡適度美化一下無可厚非，但是把自己的樣子修到無懈可擊，甚至不像自己，粉嫩零瑕疵到不行，與其說是美，不如說是假。偶爾用ＡＩ修圖軟體來玩一玩無妨，但不要認為那就是真實的自己。

愛美之心人皆有之，對美的在意並沒有錯，而且也不該因爲不再年輕就放棄了美的意識。但是隨著年紀漸長，應該修正對美的態度，**別再以過去的標準要求自己，才能活出當下這個階段的美。**

畢竟再怎麼努力讓自己保持年輕的樣子，效果如何還在其次，那種戰戰兢兢的緊繃感就已經顯露出某種疲態。

買衣服的時候，試穿照鏡的當下，有些店員會在旁邊說：「這樣看起來好年輕！」可是聽在我的耳裡，總覺得這是一句很糟糕的推銷話術，因為這句話背後隱藏的意思就是：

「妳已經不年輕了唷，但是穿上這件衣服卻可以減輕年齡，所以趕快買它吧！」

換句話說，店員提醒了試衣的人青春遠去的事實。

同樣的，如果一直追求年輕，不斷以從前對美的標準來要求自己，就和服裝店的店員一樣一直在提醒自己老了，並且為此感到煩惱恐懼，這又何必呢？

互聯網上有一個流行詞彙，叫做「服美役」，意思是許多女性一生都被美所奴役，而且對美的標準總與年輕掛鉤；男人服兵役還有解甲歸田的時候，女人服美役卻無休無止，不得自由，所以醫美甚至整形才能大行其道。女性為了追求年輕貌美，付出種種時間與金錢，卻並沒有覺得滿意，只是得到更多的焦慮。

為了想得到美而消費，結果是被得不到的美所消費。

關於容貌焦慮這件事，若是不能調整自己的心態，一味地追求所謂的少女感，那麼一定會隨著年紀愈來愈大而愈來愈焦慮，這未免也太自我折磨了。真的不要累死自己。

所以饒了自己，把自己從這樣的焦慮當中解放出來吧！如果前半生已經被容貌焦慮逼迫，那麼現在正是學習放下的時候。

與其外求去想盡辦法讓自己看起來年輕，何不轉而向內安頓自己的心靈，與其意識外界的眼光，何不安靜地看著自己，並且接納自己的現狀。

那位從前的女明星看起來之所以美，是因為在經過的歲月裡，她累積了內在的豐盈，並且安然接受自己現在的狀態。

曾經是公認的美人，曾經接收過比一般人更多的讚美，要放下對於美貌的執著與眷戀並不容易，但是她看起來如此安詳自在，那是從內在散發出來的光采。

喜歡現在的自己，接受自己真實的樣子，會讓一個人與自己相處得很舒服，也能讓別人覺得很舒服。這樣的舒服就很美。

與清風明月相處，常常在大自然中感受風的吹拂，雲的流動，在生活中體驗美的事物，多接觸文學藝術，多自我充實，這樣的體驗令人心性柔和，無形中也會變美。

對這個世界常存善意，對一切生靈懷有慈悲之心，讓自己的心境保持上善若水的清澈，這樣的良善也會讓一個人擁有和顏悅色的美。

歲月不敗美人，時間是有限的，但心靈的遼闊卻可以無限。心是外表的鏡子，外貌會隨著時間而流變，內在的光芒卻會因為個人的修持而更加璀璨。

所以何必以那些外界的標準來要求自己呢？親愛的朋友，不要愈活愈焦慮了，而要愈活愈美麗。

當不再被外在的追求所束縛，沒有了那些年輕才是美的執念，發自內心的安然自在就超越了年齡與外相的限制，會讓一個人真正地美了起來。

讓自己平安順心的8個好命原則

好心情形成好氣場，好氣場發生好事情。趨吉避凶並不難，一切不過存乎一心。

我不算命。

我曾經算過命，那是在大約三十歲左右的時候，從來不算命的我因為面臨著當時覺得束手無策的生命困境，在不同的朋友介紹之下，趕進度似的一週內密集地見了三位算命老師，每一位都是權威，每一位也都很難約，談話費以鐘點計算，比起行情最好的律師不遑多讓。

分別談完之後，本來就六神無主的我卻更迷茫了，因為三個人三種說法，而且差距甚大，結果沒有為我指點迷津，只是讓我更加徬徨，而後來事情的發展則是鐵錚錚地證明在這三種說法之外，結果是這三位命理師沒有一位說得準。

當我後來再見到其中一位時，不禁語帶質疑地說起這件事，她波瀾不驚地回應：

「噢！因為我看妳當時心情不好，所以才那樣說的。以我的功力當然知道事情是這樣這樣的，但我給了妳那樣那樣的說法，是為了鼓勵妳，讓妳可以對未來懷抱希望。」

言下之意，這都是她的一番好意，如果我有所質疑，就是我的不識好歹了。這個睜眼說瞎話的回答太可笑了，但我真的笑不出來。

會去算命，就是為了想要預先知道事情的發展才好做準備，她卻給了我錯誤的指引，讓我更加迷惑，這算什麼鼓勵？把算不準的事實包裝為一番好意，這不是胡說，什麼才是胡說？

如果為了得到鼓勵，我會去找我的好朋友傾訴，何必花錢找算命師聽這些胡說？

對當時陷入谷底的我來說，與算命師打交道的經驗太糟糕了，從此我再也沒算過命。

我看開了，明天會如何是明天的事，該發生的就讓它發生，人生不過是一場夢，所發生的一切也不過是夢中的體驗。

後來我學了占星術，並不是為了要知道未來會如何，而且渴望知道過去那些曾經是否都是必然的發生？換句話說，我不是想知道未來，而是想探索過去。

在那些年間，我看了許多朋友的星盤，得到月亮公主的封號。而我的心得是，其中連結著宇宙的奧秘，形成了靈魂的旅程，如果只是從吉凶去判斷，就小看了那些行星、相位與宮位的意義。解析一張星圖，不該從二元對立的角度去看，因為生命整體是一個合一的狀態，沒有真正的好壞，不同的心靈維度會呈現不同的生命層次。

也就是說，每一張星盤都是一張能量表，那是人與宇宙的對應關係，其中並沒有絕對的吉凶禍福。

生命如此奧妙，豈是可以鐵口直斷的呢？

過了徬徨的那個階段之後，我不但沒有再算過命，也封盤不再為人解盤了。

我已經明白，當一個人修行到一定的程度，任何算命系統對這個人都是不相干的，因為這個人已脫離了一貫的習氣。也就是說，算命本來就不見得準確，對於有修行的人更是不準確。

如果算命只是不準確的猜測，那何必算？

即使算準了，事先知道又如何？若是好事，來臨時就少了一份驚喜，若是壞事，那麼只是令人心神不寧，而且還會不自覺地照著算命師的暗示走，結果成為某種厄運的預言。

活在當下就好。該發生的總會發生，所以安然地度過每一個時刻的來臨，用心去體驗每一個當下，這樣就好。

個性造成命運，如果個性改變，命運怎麼可能不變。

與其試圖預知自己運勢如何，不如讓自己超越所謂的運勢。

不需要算命，但有一些原則確實能讓人好命。我想說的是，不必試圖藉著虛玄的命理窺探未來，而是好好掌握以下這些好命原則：

①不要唱衰自己

語言是有能量的，說出來的話往往是一種潛在的自我暗示，所以不要說對自己不利的話。

「我很窮。」「我不行。」「我完了。」「倒楣死了。」

這些話還是別說吧，尤其不能成為口頭禪，否則久而久之，它們就會潛移默化，漸漸塑造我們的心態與行為，然後成為對自己的預言，甚至成為被實現的真實。

「言靈」是日文，而從中文來看也一目了然，意思是「語言就是一種靈驗的預言」，所以真的不要說自己的壞話，別讓這些消極或自我貶低的語句成為對自己的詛咒。

積極正面的語言能夠幫助我們建立自信，激發內在力量，讓我們更容易朝著自己期望的方向前進，並創造更加正向的生活經驗。所以，要給自己美好的信心喊話，而不是唱衰自己。

②不要抱怨

抱怨是和負能量的接軌，愈抱怨，讓你抱怨的事也就愈多。

抱怨也是一種無形的枷鎖，它讓我們的注意力停留在問題和不滿之上，卻無助於解決任何事情。每一次抱怨，都是在強化負面的情緒與能量，讓自己陷入一種惡性循環。

愈是專注於不滿和挫折，我們愈容易忽視生活中的美好與機會，最終抱怨成為一種習慣，世界也變得狹隘。

停止抱怨，讓自己安靜下來，才能專注地去處理眼前的事情，事情才會轉往好的方向，也才能脫離自己不想要的現狀。

真的，與其花時間抱怨，不如想著可以如何改變。

③不要輕易說出自己的秘密

有些時候，你說出去的話語可能變成傷害自己的把柄，所以不要輕易告訴別人自己的隱私。

人心難測，總有些人表面上表現得很友好，實際上卻在暗中觀察你的弱點。當這些人與你反目時，那些你曾經毫無保留吐露的心聲，可能成為他們用來攻擊你的武器。

保護好自己的隱私，信任值得信任的，也防備必須防備的，別讓自己陷入流言蜚語的困境之中，人生少了那些是是非非的牽扯，也就平順許多。

④ 善待他人

人與人之間就像迴力鏢，你給出去的總會回到自己身上來，所以善待他人的人才能被世界善待。

對別人好，讓他人感到溫暖的同時，亦為自己在前行的道路上播下了美好的種子，也許哪天就開出美麗的花來。

好人好事不會憑空出現，而是在因果法則之下的相遇，你永遠不知道自己當下給出的，會在什麼時候以什麼樣的方式回來。

當然，壞人壞事也是如此。

所以無論如何都要堅持善良，不過是有智慧的善良，而不是沒有底線的濫好人。在善待他人的同時也要守護自己，人生才能平衡並且平安地前進。

⑤ 記性別太好

有太多不值得放在心上的人事物，最好的對待方法是忘掉，別拿他們與它們來為難自己。

生活中總有無法掌控的人或事，可能是無意間的傷害，也可能是莫名其妙的誤解，與其反覆在心中回想那些負面情境，不如選擇放下與遺忘。

記性太好有時是一種痛苦，所以要學會放過自己，讓心靈淨空，保持輕盈。對那些人事物耿耿於懷的時候，已經錯失了當下的幸福。

人生短暫，記住該記住的，忘掉該忘掉的，才不會阻礙了前進的道路。

⑥常常感謝

感謝是一種心靈能力，可以改變當下的能量狀態，因為感謝可以將沉重的情緒轉為輕盈，當我們心存感謝，就會自然地散發出柔和的氣場，讓周圍的一切變得和諧。

心存感謝的人必然和顏悅色，溫暖溫柔，令人不由自主地想要親近。

常常感謝不僅帶來好人緣，還能創造更多的好機運，因為常懷感恩之心，生活中的微小幸福就被放大了，而這樣的正向，會吸引更多的好人好事。

⑦睡前清零當日一切

睡得好才有健康的身心，人生也才會好。而要睡得好，就要清空頭腦。換句話說，若要擁有一夜好眠，「放下」是關鍵。

所以每天睡前清零縈繞在心頭的那些思緒，告訴自己，無論今天過得怎麼樣，都過去了，不會再回來了。

把一日當成一生，每一日的結束都是一生的結束，徹底放下當日一切，然後睡個好覺，做個好夢，第二天好好醒來。

⑧相信今天會有好事發生

每天早晨起床前，在心裡默念以下這句話：

「相信今天會有好事發生。感謝今天一切的發生。今天發生的都是好事。」

天天默念，讓愉悅的期待進入潛意識，讓吸引力法則發生作用，天天都給自己一個美好的開始。

所謂的好命不是名利兼收，而是平安自在，身心靈都自由。

與其算命，不如好好守護自己的一顆心。

好心情形成好氣場，好氣場發生好事情。趨吉避凶並不難，一切不過存乎一心。

把心安住，世界的運轉就會和諧順暢，生活也就平和安寧。

內心強大，人生自由

成為一個大人的指標，就在於內心是否強大。

年少的時候，對於他人的財富或權勢，我從未覺得羨慕或敬畏，唯有在面對內心強大的人時，我會衷心地感到佩服。

這樣的人眼中總是有光，而我總能看見那樣的光。

來到如今的年紀，我更明白唯有內心強大，才是人生自由的解方。

中年是個充滿考驗的人生階段。這個時期已不再有青春的天真無憂，但也還未進入老後的平和寧靜，有各種身分必須面對，有各種責任必須完成，可能要為父母的健康操煩，可能要為子女的成長擔憂，還要為自己的工作與生活勞心勞力。

不僅有這些外在的多重挑戰與責任壓力，還有對於明日的綢繆與昨日的追憶，許多未能完成的遺憾、許多對於未知的不安，更是不時浮上心頭。再看著鏡中漸漸不再明眸皓齒的自己，體力也明顯地不如從前，想起時光的有限，不禁惆悵不已，感慨萬千。

因此，內外交迫的中年會比人生的其他時期更需要一個穩定的內核，這樣才能支撐自己度過所有的風風雨雨；然而也是在這樣的過程中，一個人的內心會漸漸強大起來，對自己會生出年輕時所沒有的自信。

所以，**成為一個大人的指標，我想，就在於內心是否強大。**

內心強大的人一定是人格獨立的人，不會活在別人的期待裡，也不會因為外界的看法和眼光而影響了對自我的認知。

內心強大的人接納自己的一切，也尊重別人的選擇，他可以放下別人，可以放過自己。

內心強大的人不會總是想要與他人連結，他知道自己自成一個完整的世界，並不需要別人來填補。

內心強大的人不會把能量耗費在不必要的情緒上，也不會為了別人的一個眼神，一句話語，就衍生出一堆心理小劇場來為難自己。

但必須捍衛立場的時候，內心強大的人也勇於自我表達，然而他的態度是平靜而理性的，不會被自己的情緒所左右，也不會受到他人情緒的控制。

所以，因為內心強大，一個人成為了真正的大人。

真正的大人會有以下這些特質：

不與別人比較。

不會自我懷疑。

不被情緒左右。
不逃避問題。
不依靠別人。
不害怕失去。
不在小事上糾結。
不緊抓著過去不放。

所以，**內心強大會帶來人生的自由，可以隨時釋放自己，不會自我折磨，不會自尋煩惱。**

真正的強大不是因為有怎樣的豐功偉業，或是累積了怎麼樣巨額的財富，
而是內心安然篤定，自成一個世界。

這樣的人並非無堅不摧，他也有無助的時候，但他願意接受真實的自己，

也願意面對所有的問題，並且承擔一切。

真正的強大更不是強詞奪理，不是高高在上，不是充滿優越感，不是在態度上凌駕他人。

反而是內心虛弱的人會武裝自己、披上重重盔甲，以強硬的姿態去對待別人，為的是掩飾內在的不足。

因此愈是強者愈能體恤他人，愈會照顧別人的感受。

所以，內心強大的人外表總是柔軟的，氣定神閑的。

因為知道自己內在有個無限遼闊的宇宙，所以內心強大的人明白：一切都在我之內。

意識所向，即為世界，因此星辰、大海、雲朵、河流、天空、原野、樹木、花朵……一切都在「我」之內；成敗、功過，人生的一切也都由「我」解讀，由「我」負起全部的責任。

外在的一切都是從內心出發。如果要擁有真正的平安，必須先擁有內在的平安，如果要擁有財富、情感與思想的自由，必須先擁有心靈的自由。

內心強大的人還明白：無論經歷了什麼，都是過眼雲煙。

因此蘇東坡可以在失意潦倒的時候寫下那麼多千古傳誦的詩句，可以「回首向來蕭瑟處，歸去，也無風雨也無晴」，他的內心遠比那些飛黃騰達的人都自由。

所以，**內心強大的人不會怨天尤人，他們允許一切的發生，有著內外如一的平靜，即使面對痛苦，也能在其中看見意義，並且仍然選擇善良和溫柔。**

年輕的時候，因為經驗不足，難以建立真正的自信，在經歷了人生種種之後，來到中年時光，才有了深刻的體會，看待自己也才有了更深的層次。

人生其實是一個受傷的過程，但也因為那些受傷，我們會知道如何修補自我，如何療傷，於是愈來愈堅強。

當一個人內心強大到某種程度的時候，許多過去在意的事就一點也不重要了，曾經的憤怒或是悲傷也就一笑置之了。

外界的風吹草動，並不能影響他的安寧。對於許多發生在自己身上的事情，他都覺得像在看電影，過了就過了。

內心的強大是經過一次又一次的告別與重生，然後從內在生出全新的力量。而這樣的力量，帶來了人生的自由。

人生最終所要的，無非就是自由。

自由不是完全的隨心所欲，而是不再受制於任何人事物。

一個人最強大的時候，不是擁有一切的時候，也不是堅持一切的時候，而是全世界都可以放下的時候。

外在可能充滿了各種考驗，但因為內心足夠穩定深刻，所以就算有各種身分與責任的束縛，也能從中得到心靈的解脫。

只有經歷了人生的千錘百煉，才能感受這份自由，這是年少時無法擁有的。

所以，就算青春不再，我們卻比從前更喜歡現在的自己。

在我還是個年輕女生的時候，對於中年並不期待，因為總覺得這是個充滿疲憊與無奈的階段，但當自己來到人生的秋天，才知道這個季節雖然不再有春天的輕揚與夏天的活力，卻有著年輕時所沒有的篤定與安然。

我想說的是，**來到人生之秋最美好的事，就是走過了生命的起伏動盪，知道一切都是過眼雲煙，並且不再自尋煩惱**，這是人生給我們的獎賞。

所以，**做一個內心強大的人吧！這也許是來到中年最重要的事了**。

人生之秋要學會的5個字

人生過半之後，要能和能斷，要收放自如，還要學會懶。

當我還是個花季少女的時候，只要想到有一天自己會老去，就覺得好憂慮，天啊，青春不再是一件多麼可怕的事呀！未滿二十的我無法想像超過三十歲之後要有多麼大的勇氣才能活下去！

但那時的我到底在擔心什麼，其實也說不出個所以然來。對人生經驗淺薄的我來說，未來的一切模糊且遙遠，像遠方山頭夕陽落下的方向，那裡可能是一片枯木林，可能是一片沼澤地，總之不是什麼美麗的風景，而是漸漸無光的所在。

如今來到人生之秋，才知道原來這是最好的年紀。

也終於明白，夕陽時分有最美麗的天空，而且還是星星準備升起的時候，不同的階段會有不同的光，白日有白日的明亮，夜晚有夜晚的璀璨。

而人生之秋要過得自在，無非就是學會以下這五個字：

①和

來到人生此時，無論曾經經歷過什麼，都到了與自己和解的時候了。

與自己和解，意謂著不再自我責備，不再自我挑剔，不再自我征戰，不再與自己為敵，不再動不動就挑自己的毛病，不再用任何嚴格的高標準要求自己。

不必再做到一百分，有六十分就很不錯，或者說，根本不應該為自己打分數。考試已是從前的噩夢，現在應該是把所有分數都丟掉的時候。

放過自己，別再以想像中的他人眼光評價自己。

與自己和解，才能與別人和解，也才能與世界和解。

就像秋天飽滿低垂的稻穗一樣，秋天的自己因為與一切都和解了，內心謙和柔軟，對待世事心平氣和，對待他人和顏悅色，如此自然就形成一個和諧的氣場，自己舒服，別人也舒服。

②斷

前面的人生必然累積了許多好的與不好的，必須去蕪存菁，只留下想要的，如果沒有斷的功夫，那些不想要的就會成為心上的負累，也許還成為了生活上的難題。

斷捨離不只在物質，也在心靈，在人際關係。

所以，斷開人情酬酢，斷開無謂社交，斷開不再需要的關係，斷開已經沒有任何滋養的情感。

斷了這些，也就斷了許多無謂的煩惱。

人生之秋最寶貴的就是時間，別再把時間用在耗損自己的人事物上。在有限的時間裡為不值得的人、不值得的事心煩，那真的是太可惜的浪費。

那些人那些事其實並不重要，只要不去意識就不存在。而斷開其實也並不難，一個瞬間的決定，就可以停止長期的內耗。

斷開之後，內耗停止，才是清靜的開始。

時間與空間、內心與外境都清爽了，才能感受生活的甜美。

秋天就該心無掛礙，悠閑地喝茶，好好品嘗秋桂的幽香。

③放

人生之秋不只要放下恨，有時還要放下太多的愛。

太多的愛總是帶來牽掛，甚至控制，自己痛苦，別人也感到窒息與壓迫。與其因為太多的愛而造成彼此的負擔，不如看穿那都是業力的糾纏。

所以，對於至親、夫妻、子女，無論多愛他們，都必須學會放心、放手和放下。同時也要了解，今生能成為家人是累世的因緣，離合散聚都是為了學習。

還要明白，每個人都有每個人的功課，每個人也都有每個人的幸福，就算再怎麼深愛對方，那些都是他自己要去經歷的，你無法代他活過，也無法代他受過。

如果對所愛的人放心不下，就告訴自己：別人是獨立的，我也是獨立的；別人是自由的，我也是自由的。

也要放下那些往昔，無論好的壞的，畢竟都已經過去了。別讓那些眷戀或是餘恨囤積成心中的負能量。

真的要放開那些牽掛與糾纏，也放下所有的遺憾與悵惘，要讓自己像秋天的流水輕快地流動，不要因為種種放心不下，種種念念不忘，把自己變成了被愛恨堵塞的池塘。

④收

收起那些攀比與依附，那些比較、嫉妒與羨慕，來到這個人生階段，應當知道沒有任何一個人是百分之百的快樂美好，每個人都有自己要面對的課題，都不容易，真的誰也不必羨慕誰。

也別再去取悅任何人，不要活在別人的期待之中，不要用別人的眼光凝視自己。要把自己活成一道光，能照亮自己的也只有這道光。

收起那種總是想要對什麼人傾訴什麼的慾望，別人何必知道呢？自己的喜怒哀樂自己曉得就好了。每個人想法都不一樣，所以也不必期待別人的理解，想做的事自己決定，無須在意誰的看法。

不要去管別人的事，也不要讓別人來管自己的事。別人的事不關自己的事，自己的事也不關他人的事。

設立人我之間的界線，這是收的功夫，也是必要的人生練習。

莊稼的土地必須秋收，人生之秋也必須懂得收。收束不必要的對外連結，才能隨時隨地回到無欲則剛的自己。

⑤懶

懶得多情，懶得多事，懶得為了別人的情緒而讓自己心神不寧，懶得把別人的課題變成自己的問題。

懶得多管，懶得多慮，懶得理會不值得放在心上的人事物，懶得在不愉快的狀態中浪費生命。

懶得自尋煩惱。

懶，不只是一種態度，也是一種智慧，懶得對許多不必要的事起反應，因為明白那些都無濟於事，所以何必自我折磨。

一個快樂的人，一定是一個懶得的人。因為懶的緣故，所以總是處於放鬆之中，不會拿不必要的人事物來自找麻煩。也因為懶的緣故，不會在小事上斤斤計較，不會動不動就自傷自憐。

學會懶，不再事事要求自己做到盡善盡美，不再處處為了他人著想而勞心勞力，不再總是委曲求全把自己弄得筋疲力盡。

懶一點，才能快樂一點，鬆弛一點，自由自在一點。

來到人生的秋天就該做一個懶人，秋天的陽光很美，適合懶洋洋地感受與欣賞。

人生過半之後，要能和能斷，要收放自如，還要學會懶。

也只有真正進入生命的秋天，才知道這個階段真的是人生最好的狀態，因為該有的都有了，該懂的也都懂了，該經歷的都經歷了，曾經以為過不去的也都過去了。

不再感到迷茫不安，不再輕易付出感情，不再將期待托付在任何人身上，不再為了誰而輾轉反側難以成眠。

對於許多事都看淡了，對於曾經想要卻始終得不到的也看開了，對於生命中的一切好壞都接受了，對於那些是非對錯也都釋然了。

所以還有什麼比現在更好的時候呢？能和能斷，能放能收，還能懶，這是現在的自己可以為自己做到的，若能如此，就沒有什麼事能困擾自己，也沒有什麼人能再讓自己煩憂。

國家圖書館出版品預行編目資料

終於來到懶得自尋煩惱的時候 / 彭樹君著. -- 初版. --
臺北市：皇冠文化出版有限公司，2025. 04
288面；21×14.8公分. --（皇冠叢書；第5217種）(彭樹君作品集；6)
ISBN 978-957-33-4276-2（平裝）

863.55　　114002885

皇冠叢書第5217種
彭樹君作品集 6

終於來到懶得自尋煩惱的時候

作　　者—彭樹君
發 行 人—平　雲
出版發行—皇冠文化出版有限公司
臺北市敦化北路120巷50號
電話◎02-27168888
郵撥帳號◎15261516號
皇冠出版社（香港）有限公司
香港銅鑼灣道180號百樂商業中心
19字樓1903室
電話◎2529-1778　傳真◎2527-0904
總 編 輯—許婷婷
責任主編—蔡承歡
美術設計—嚴昱琳
行銷企劃—鄭雅方
著作完成日期—2025年2月
初版一刷日期—2025年4月

法律顧問—王惠光律師

讀者服務傳真專線◎02-27150507
電腦編號◎574006
ISBN◎978-957-33-4276-2
Printed in Taiwan
本書定價◎新臺幣420元／港幣140元